遥かな絆

斬！　江戸の用心棒

佐々木裕一

朝日文庫

本書は書き下ろしです。

目次

遥かな絆

斬！ 江戸の用心棒

第一章　女の館

一

　父の仇《かたき》である竹田《たけだ》河内守忠正《こうちのかみただまさ》を討ち、江戸の下町で暮らすようになって三年が過ぎた。

　月島真十郎《つきしましんじゅうろう》は、将軍から望まれた帰参を断り、実家の大垣《おおがき》とも縁を切って沖信《おきのぶ》の名を捨てている。

　その決断をしたのは、これまで大垣家を守ってきた弟沖政《おきまさ》のためにほかならない。

　真十郎が帰参を果たせば、老中を輩出している大垣の本家を継がせるという声があがり、沖政は分家を余儀なくされるからだ。

決して無念の決断ではなく、三年も暮らしてすっかり庶民に馴染《なじ》んだ今の暮らしを気に入っている。

たまに芦屋《あしや》の玉緒《たまお》から仕事を受けながら、今は深川の佐賀町《さがちょう》にある鶴亀《つるかめ》屋敷で、のんびりと気ままに生きているのだ。

屋敷といっても、元は鯨漁で財を得た網元《あみもと》が道楽で建てた屋敷があった、というだけのことで、買い取った米問屋が母屋を使い、奉公人が暮らしていた十部屋ばかりの長屋を貸しているだけで、真十郎は玉緒の口利きで、安く借りている。

玉緒を頼ってばかりでは情けないと思う真十郎は、米問屋のあるじが妾《めかけ》と箱根《はこね》に行くあいだ、空き巣が多いので、妾宅《しょうたく》の留守番を頼まれて小銭をもらったのをきっかけに、それを商売にすることを思い付き、家守屋《いえもりや》なるものをはじめた。

近頃江戸は盗《ぬす》っ人《と》が増えていたし、手当てが安いとあって評判になり、昼は仕事のため家に誰もいなくなる者たちから重宝されて、それなりに儲《もう》かっていた。

守役だった菅沼金兵衛《すがぬまきんべえ》などは、本来ならば、今頃は大坂城番を拝命してもばちは当たらぬ身分の若様が、同じ番でも、あんな小さな商家の番をするなど、おいたわしや、と嘆き、玉緒は、商売敵《しょうばいがたき》だ、などと言い機嫌が悪い。

それでもやめない真十郎は、小銭を稼いで満足し、今日も一日何事もなく過ごせたと喜び、部屋に戻ってきた。

戸を閉めようとした時、止める者がいた。誰かと思えば玉緒だった。

夏の強い日差しに照らされた顔は、決して美人ではないものの愛嬌《あいきょう》があり、真十郎は微笑《ほほえ》む。

「どうした、今日は機嫌がよさそうじゃないか」

「ええそうですとも」

真十郎を押し込むようにして入って戸を閉めた玉緒が、目尻に小皺《こじわ》を作って見せたのは、酒の徳利《とっくり》だ。

「家守の仕事が今日で終わったんでしょう。だからお祝いに来たんです」

真十郎は疑う目を細める。

「よく知っているな」

「商売敵ですからね。すぐ支度しますから、汗を流してきてくださいな」

真十郎は素直に従い、井戸端で汗を拭いた。

戻ってみると、勝手知ったる炊事場で酒肴《しゅこう》の支度を調えた玉緒が待っており、真十郎に座るよう促して、杯を差し出す。

酌を受けた真十郎は、茄子《なす》の塩もみを肴に舌鼓を打った。

「玉緒が作るこれは、塩加減がいいな」

一緒に和《あ》えている昆布の味もよく、さっぱりと切れのある酒によく合う。

「旨《うま》い。お前も一杯やれよ」

杯を渡して酒を注いでやると、玉緒は目をつむって一息に飲み干した。その仕草がなんとも色気があり、餅肌の喉元に目をとめていると、玉緒が返杯してきた。

「旦那、明日から暇なんでしょう」

そう言われて目を見た真十郎は、心中を読んだ。

「しばらくゆっくりするつもりだ」

先に断ると、玉緒が口を歪《ゆが》めて横を向く。

「せっかくいい仕事を持って来てあげたのに……」

「すまんな、当分食べて行ける蓄えができたゆえ、論語でも読みなおすつもりだ」

すると玉緒は、文机《ふづくえ》に置いていた書物を手に取り、ぱらぱらとめくっていたが、何かを見つけたように手を止め、

「ああ、これは旦那のことだわね」

そう前置きして、声に出して読んだ。

「子《し》曰《いわ》く、君子《くんし》は義《ぎ》に喩《さと》り、小人《しょうじん》は楽に喩る」

百人一首のように謡う内容に、真十郎は鼻で笑う。

「小人は利《り》に喩る、だ」

「あら、わたしには楽にしか読めませんよ。君子は世の中の役に立つことを重んじるが、小人は楽をすることに重きを置くという意味でしょう」

「論語を勝手に変えて語るものではない」

「部屋に籠もらせるために、店賃《たなちん》を安くしてもらったんじゃないのに」

じっと見つめられて、真十郎は辟易《へきえき》した。

「今度はいったい何をさせるつもりだ」

すると玉緒が、ぱっと表情を明るくして身を寄せてきた。

「五日で一両出すっていう客が、旦那を御指名で来たんです。安い仕事ばかりしていないで、少しはわたしを儲けさせてくれてもいいでしょ、旦那」

真十郎のためというより、自分が儲かるからだと隠さぬ玉緒のさっぱりしたところに、真十郎は笑った。

「確かにいい条件だが、雇い主は誰だ」

「女です」

「女？」

まったく見当がつかない真十郎は問う。

「どこの誰なのだ」

「明日行けばわかりますよ」

離れた玉緒は立ち上がり、真十郎に科《しな》を作って微笑む。

「今夜はゆっくり休んでくださいね。それじゃまた明日」

承諾した途端にそそくさと帰る玉緒を、真十郎は呆れ気味に笑って見送った。

そして翌朝、真十郎は早めに起きて身支度を調え、玉緒を待った。

迎えに来たのは、日がすっかり高くなった頃だ。

「遅いではないか」

「ごめんなさいね。客が来てしまったもので」

玉緒は詫《わ》びの印だと言い、真新しい着物を出した。

麻の生地は上等で肌触りがよく、黒い帯に合わせると引き締まる。

「涼しくてよいな」

「元と言っても、大名家の若様なのですから、これくらいの身なりでないと足下を見られます」

これまでそんなにみすぼらしい身なりではなかったと思う真十郎だが、去年から同じ着物と袴《はかま》を愛用しているのが、玉緒は気に入らないらしい。

「古い物は古着屋に出しますからね」

まるで女房のように世話をする玉緒に、真十郎は目を細めて言う。

「今回の客は、格式があるのか」

「さ、行きますよ」

答えず誘《いざな》うところなど、この三年のあいだに、幾度となく都合よく使われているだけに、何かあるのではないかと疑いたくなるが、一旦受けたからには行くしかない。

真十郎は玉緒に従い、無銘の大小を腰に帯びて出かけた。

玉緒に案内されたのは、本所小梅村《ほんじょこうめむら》だ。

白壁の塀で囲まれた屋敷は、畑の中にぽつんとある。

「ずいぶん立派な屋敷だな。この着物を着せてくれたのは、そういうことだったのか」

玉緒は寄り添って告げる。

「ほんとうは、腰の物も名刀にしたかったんですけどね、それじゃ大赤字になりますから」

はっきり言う玉緒に真十郎は笑い、刀の柄《つか》に手を置いて告げる。

「こいつは確かに安物だが、今のわたしには合っている」

「ほらまたそうやって、自分を下げられて。少しは……」

「その先は言うなよ。わたしは実家と縁を切った、ただの浪人だ。自覚など持たぬ」

「若様は若様です」

玉緒はそう言うと、屋敷の門前を通り過ぎた。

「おい、ここではないのか」

「あそこに見える茶屋で、客と待ち合わせているんです」

畑のあいだを流れる小川の先にある、一本松の横に建っている藁葺《わらぶき》の茶屋は、江戸と房総を行き交う旅人を相手に商売をしており、日除《ひよ》けの葦簀《よしず》の奥には、大勢の旅人が休んでいた。

「みたらし団子とお茶を二つくださいな」

玉緒は小女に声をかけて、真十郎を促して長床几《ながしょうぎ》に腰かけた。帯に挿していた団扇《うちわ》を手にすると、真十郎を扇《あお》いでくれながら、玉緒は店の客に目を走らせている。そして知った顔を見つけたのか、団扇を上げて振って見せた。

紺地に、大きく芦屋と白抜きされた団扇は目立つ。

真十郎が玉緒の視線に合わせて振り向くと、小ざっぱりした印象の若い男が、腰を折りながら人の前を通って出てきて、

「これは姐《ねえ》さん」

まず玉緒に頭を下げ、次いで真十郎に深々と頭を下げた。

「立ち話は目立つから、お座りなさいな」

玉緒に言われて、男は向かい合って床几に腰かけた。

色白で、町人髷《ちょうにんまげ》が一本も乱れていない男は、いかにも細かいことによく気が付きそうな面立ちをしており、見た目も涼しそうな無地の薄青の着物に白い帯を締め、この暑さの中、額に汗ひとつ浮かせていない。

かたや玉緒はというと、歩いてきたせいもあり、手拭いで額と首筋を拭いながら、真十郎に告げた。

「旦那に仕事を依頼したのは、こちらの心之助《しんのすけ》さんなんですよ」

心之助はふたたび頭を下げた。

「手前は、髪結いをしております者で、旦那に守っていただきたい屋敷に出入りをしてございます」

真十郎は、心之助の目を見て口を開く。

「わたしはそなたを知らぬが、どこかでお会いしたか」

「いえ」

「では何故、わたしに仕事を頼むのだ」

「姐さんの髪を結わせていただいている時に、いつもお話をうかがっておりましたもので、旦那にしかお頼みできないと思った次第です」

「そういうことか」

玉緒を見ると、白々しくにっこりと笑うものだから、真十郎は、またもや金儲けの道具にされたと思うのだった。おそらく自分に告げた手当てよりも、高い値を付けているはずだとも思うが、金のことを口に出したくなく、気を取りなおして心之助に問う。

「その髪結いが、家の者に代わって仕事を依頼するわけを聞かせてもらおう」

心之助は表情を曇らせて答える。

「あの屋敷には、美しい女性《にょしょう》が五人で暮らしてらっしゃるのですが、先日から、様子を探る怪しい男がいるのです」

玉緒が引き取って真十郎に告げる。

「身寄りのない女が五人で肩を寄せ合って暮らしているのよ。年長は三十で、一番若いのは十八なの」

「その五人のうちの誰かに目を付けた者が、何かするつもりだと思って用心棒を頼むのか」

問う真十郎に、心之助は真顔でうなずいた。

「見張っている男は、腕っぷしが強そうですから、わたしではどうにもできないのです」

「そういうことならば、追い払ってやろう」

改めて承諾した真十郎は、玉緒が茶を飲み終えるのを待って屋敷に向かった。

先に立って案内する心之助の後ろを歩いていると、玉緒が右横から身を寄せて、顔を見上げてくる。

「聞いてのとおり、御屋敷には女ばかりです」

「うむ、それで？」

「旦那はいい男だから、手を付けられたら承知しませんからね」

「お前ではあるまいし」

真十郎が笑って尻をたたくと、玉緒は嬉しそうに腕をつねってきた。

「くれぐれもお気をつけくださいね」

「まだ言うか」

「そうじゃなくて、怪しい手合いのことです。ご存じないかもしれませんが、近頃深川では、若い女が攫《さら》われる事件が頻発しているんです」

「そのことなら、噂で聞いている。町奉行所は、攫われた女はどこかに売られているのではないかと睨《にら》み探索しているそうだな」

「本気で悪党を捜しているんだか。八丁堀《はっちょうぼり》の旦那にどうなっているのかお訊《たず》ねしたら、咎人《とがびと》の影さえつかめていないそうなんです」

「夜に出歩く女ばかり狙われているというので、奉行所は、家出も疑っていると聞いたぞ」

「それは八丁堀の旦那がそうおっしゃっているだけなんです。うちのお客の中に、娘がいなくなった人がいるんですから」

「そちらのほうが気になる話だが、娘を捜さなくてよいのか」

「そっちは八丁堀の旦那が当たっていますからいいんです。それに、心之助さんの話を聞いて、人攫いが御屋敷の五人を狙っているかもしれないと思ったから、旦那を紹介したんです。女の敵をこらしめてください」

「先ほどから気になっているのだが、今から行く屋敷の五人は、用心棒を雇うのを承知しているのか」

「それは今からお話しします」

振り向いた心之助は明るく言うが、真十郎は足を止めた。

「来るんじゃなかった」

しゃがんで頭を抱える真十郎の腕を、玉緒がつかんだ。

「旦那、そうやって大袈裟にして逃げようって肚《はら》ですね」

「馬鹿を言うな。頼まれてもおらぬところへのこのこ行く気になれぬ。話を通してから言うものであろう。わたしは帰る」

腕を離さぬ玉緒が、いいからいいから、と言いながら引っ張って屋敷に向かった。

先に走った心之助が、閉められている表門の前に立つと、扉をたたいて声を張った。

「毎度！　髪結いの心之助です！」

程なく応じる女の声が返り、門扉が内側に開けられ、若い女が顔を出した。

「お夏《なつ》ちゃん、用心棒の旦那をお連れしたから入れておくれ」

初耳のお夏は当然、玉緒と真十郎に不思議そうな顔を向けてきたが、馴染みの心之助に明るく微笑んで入れてくれた。

門の中に足を踏み入れた真十郎は、外から見て想像していたとおりの、立派な母屋だと思った。

式台こそないが、広い間口を入ると裏まで続く長い土間があり、座敷も立派だ。三人は、十六畳の客間に案内された。

庭には池があり、縁側のすぐ下まで鯉が泳いでくるように造られ、

「なかなかよい庭だな」

真十郎に言わせるほど、風情がある。

庭を眺めながら待っていると、奥の襖《ふすま》が開けられ、五人の女が出てきた。

「お待たせしました」

年長の女がそう言い、真十郎が座るのを待って、下座に並んだ。

心之助が紹介した。

「こちらはお仙《せん》さんです。今年三十になられて、ますます女っぷりが上がってらっしゃる」

「ちょっと心さん、歳まで言わなくても」

慌てて不服そうにするお仙に、心之助は悪気もない様子で返す。

「褒めているんですよ。ねえ旦那、まだ二十で通ると思いませんか」

賛同を求められた真十郎は、即答する。

「確かに」

「まあ、おじょうずですこと」

嬉しそうにするお仙に気をよくした心之助が続ける。

「左から順番に、姉妹ではないが二女と呼ばれるお圭《けい》さん、二十九。三女のお光《みつ》さん二十五。四女のお夏さん二十四。五女のお政《せい》さん十八です」

心之助は、続いて真十郎と玉緒を紹介した。

「こちらは、用心棒として名が売れている旦那と、芦屋の玉緒姐さんです」

雑な言い回しをする心之助に不満そうな玉緒が、改めて紹介した。

「芦屋、いえ、江戸で一番の用心棒でございますし、お人柄は、この芦屋の玉緒が太鼓判を押します。旦那はおなごについては奥手でございまして、夜這《よば》いをするどころか、指一本触れようとしませんからご安心くださいね」

饒舌《じょうぜつ》に語る玉緒に、五人はあっけにとられた顔をしている。

「おい」

真十郎が止めてようやく、玉緒は我に返った。

「いけないあたしったら、旦那がじれったいからつい自分の気持ちを口に出してしまったわ。おほほほ」

その言い方と態度が女たちの笑いを誘い、場が和んだ。

だが、お政だけは笑みがなく、うつむいている。

真十郎が、こころに不安を抱えているようだと思いつつ案じていると、心之助が訊いた。

「何かあったのですか。いつもなら真っ先に笑うお政さんが、今日は人が変わったように見えますが」

心之助も心配していたようだ。

お仙が笑みを消して打ち明けた。

「昨日の夕方、お政が一人で買い物から帰っている時に、二人組の遊び人風の男に連れ去られそうになったのです」

「ええ！」

心之助が仰天して立ち、お政のそばに行った。

「怪我はしなかったかい？」

お政は心之助に触れられるのを拒んで、お夏にしがみついた。

「よほど恐ろしい思いをしたようだ」

そう言った真十郎が、心之助の帯をつかんで下がらせ、お政に問う。

「相手に見覚えはあるのか」

お政は首を横に振った。お仙が代わって言う。

「何も言わず、いきなり連れ去ろうとしたようです。お政が大声を上げたのが幸いして、畑で仕事をしていた農家の若者たちが、鍬《くわ》を持って駆け付けてくださったからちょっとした騒ぎになって、男たちがあきらめて逃げたためなんとか攫われずにすみました」

「それは、危ないところであったな。皆も、相手に心当たりはないのか」

問う真十郎に、四人は覚えがないという。

心之助がお仙に告げた。

「怖がると思って黙っていたわたしが馬鹿でした。実は、今日旦那を連れてきたのは、この屋敷を探る怪しい男がいたからなんです。もっと早く言っていれば、気を付けただろうに。黙っていてごめんなさい」

頭を下げる心之助に、お仙が言う。

「心さんは悪くないですから、顔を上げてください」

「ほんとうに、守ってくださるのですか」

恐々《こわごわ》と声を発したお政に、皆が注目した。

お政は、すがるような目を真十郎に向けている。

真十郎が返事をするより先に、玉緒が口を開いた。

「ええ、もちろん！　旦那はこう見えて、将軍様も一目置かれるお人ですからね、どんな野郎が来ても、ぱぱっとやっつけてくれますよ」

手で相手を斬る仕草をする玉緒の男勝りな態度としゃべり方に、お政はようやく笑みを浮かべた。

それを見て目を細めた玉緒が、真十郎に向く。

「旦那、可愛《かわい》いお政ちゃんをお願いしますよ」

こう見えてとはどう見えているのかと思う真十郎だったが、快諾した。

二

仕事があると言って玉緒と心之助が帰ると、お仙は女たちを促して、真十郎のための部屋を支度しに行った。

一人になった真十郎は、夜のためになるべく敷地内を把握しておこうと思い、外へ出た。

雑草が一本も生えていない表の庭を歩き、太い幹の松の横を通って塀際に行った。真十郎の背丈よりも高い塀は、梯子《はしご》がなくては忍び込めぬ。

ぐるっと回って裏も確かめ、容易《たやす》く侵入できる造りではないのを確かめた真十郎は、裏木戸の閂《かんぬき》も頑丈なのを見て、周りに家がないから用心しているのだろうと思い、一安心した。

真十郎のために用意されたのは、五人が一緒に寝ている臥所《ふしど》とは六畳間をあいだに置いた座敷で、曲者《くせもの》が忍び込めばわかりやすい場所だ。

出された夕餉《ゆうげ》で腹ごしらえをした真十郎は、夜が更けると庭の松に登って、心之助が男を見たという表の道を見張った。

幸い空に満月が出ており、遠くまで見渡せる。

海風が蒸し暑さを和らげ、さらに夜が更けると、ひんやりと心地いい風に変わった。

朝まで屋敷の周囲を見張ったが、この夜は、怪しい者は来なかった。

お政を攫おうとした連中は、あきらめていないはずだと思う真十郎は、今日は誰も出かけないと聞いて、夜に備えて休むことにした。

部屋でうたた寝をしていると、廊下から入ってくる気配があったので目を開けて身を起こすと、お政だった。手には食膳を持っている。

「昼餉をお持ちしました」

真十郎は微笑んだ。

「もう昼になったか。ここは静かだから、よく寝た」

膳を置いたお政が顔をじっと見てきたので、箸と汁椀《しるわん》を取ろうとした真十郎は、手を止めた。

「顔に何か付いているか」

無垢《むく》な目に問うと、お政は桜色の唇に笑みを浮かべる。

「昔好いた人にそっくりなものですから、つい……」

真十郎は笑った。

「そなたにとって昔となると、よちよち歩きの頃か」

お政はけらけらと明るく笑った。

「違います、三年前です」

「三年が昔か」

「はい」

十八にとって、三年は長く感じるのだろうと思った真十郎は、どのような男だったかは問わず、またお政も話さないため、食事をはじめた。

下がろうとしないお政が、またじっと見て目を細めた。

「ほんとにそっくり」

「三年も経《た》っておるのに、忘れられぬのか」

お政の感覚に合わせて言うと、隣に来て座り、肩に顔を寄せてきた。

「少しだけ、こうさせてください」

真十郎は拒まなかった。

「相手とはこのようにできなかったのか」

「遠くから見ていただけですから」

少女の甘酸っぱい思い出に、気がすむまでしばし付き合ってやることにした真十郎は、構わず食事を続けた。

お政はというと、真十郎の肩に頭を載せたまま、ぼうっと、遠くを見るような目をして言う。

「そのお方は、生きてらっしゃれば、今の真十郎様くらいのお年でしょうか」

真十郎は箸を置いた。

「亡くなられたのか」

お政はこくりとうなずく。

「突然の病だったと聞いています」

今も名前すら知らないという相手は、ここに来る前に暮らしていた町でよく見かけていたらしく、亡くなったと知った時は衝撃を受けたものの、色々あって、忘れていたという。

真十郎を見た時には、病没は間違いで、また出会えたと思ったものの、玉緒の話を聞いて別人だとわかり、塞《ふさ》いだ顔をしていたのだ。

話を聞いて、真十郎はお政を離して顔を見た。

「では、攫われそうになったことへの恐れから、浮かぬ顔をしていたのではなかったのか」

お政はうなずいた。

「怖い思いは、これまで何度かしていますから、あんなことで気が塞いだりしません」

強い娘だと思った真十郎は、微笑んだ。

お政も微笑んで立ち上がり、手を差し伸べる。

「ご飯のおかわりをどうぞ」

まだ少し残っていた飯をかき込んだ真十郎は、茶碗を渡して、気になっていたことを口にした。

「皆家にいるようだが、生業《なりわい》は何をしているのだ」

飯をついだお政は茶碗を渡すと、指についた米を含みながら答える。

「お仙姉さんが、亡くなられた親から裏店《うらだな》を継いでいて、その家賃でわたしたちを養ってくれているのです」

「そうだったのか」

「裏店もたくさんあるみたいです」

「なるほど、どうりで立派な屋敷だ」

真十郎は安堵《あんど》しつつも、その財を狙われているかもしれないと思うのだった。

「立ち入ったことを訊くが、五人はどういう経緯で一緒に暮らすようになったのだ」

お政は逡巡《しゅんじゅん》する様子もなく答える。

「わたしは親がろくな人じゃなかったから、さっき話した好いた人が亡くなってすぐ、家を出たんです。でも行き場がなくて、深川の盛り場で過ごしているうちに悪い男に騙《だま》されて、身体を売るように仕向けられたんです。それがどうしてもいやで逃げていた時、お仙姉さんが助けてくれました。ここに連れて来られた時には、お圭さんたちもいて、わたしは末の妹だと言って、置いてくれたんです」

お圭は嫁いでいたが、夫から酷《ひど》い目に遭わされて逃げており、お光とお夏は、お政と同じように家に居場所がなくて、お仙に助けられていた。

辛《つら》い過去を持つ者同士、肩を寄せ合って生きているのだ。

お政を攫おうとした男どもは、身体を売らせようとした者の手先の可能性もある。

他の者も辛い過去があるならば、心之助が見た男は、誰かに関わりがある手合いかもしれぬ。

女たちがふたたび辛い目に遭わされないよう、助けたいと思った真十郎は、見張りを厳重にした。

昼からは屋敷の周囲を見回り、怪しい者がおらぬか目を光らせた。

夜も警戒を怠らず、翌日は昼まで休み、また屋敷の周囲を見回った。怪しい男が来たのは、日が西にかたむき、不快がまとわりつくような暑さが和らいだ頃だった。

麻の着物を着流した町人風の男は、畑のあいだの道を小走りでくると、日除けの編笠の前を上げて屋敷の塀を見上げながら、通り過ぎようとしている。

どこから忍び込むか探っているように思えた真十郎は、身を隠していた塀の角から出て、男の前に立ちはだかった。

塀ばかりを見上げていた男は、気付かずに近づいてくる。

「おい」

「わあ！」

驚いた男が大声を出して飛び退《の》いた。

「ああ、びっくりした」

胸を押さえて訴える男に、真十郎が歩み寄る。

「この屋敷に何か用か」

「怪しいもんじゃございませんから、ご心配なく」

そう言ってきびすを返す男を真十郎は追い抜き、前を塞いだ。

「そうやって逃げるところが怪しいではないか」

男は眉尻を下げた。

「手前は、日本橋の太物問屋、西宮屋《にしみやや》の次男坊でございます」

真十郎は店の名を知っていた。

「西宮屋といえば、確か大奥の御用達《ごようたし》だな。次男坊は確か……」

「慶亮《けいすけ》と申します」

思い出した真十郎はうなずく。

「物を売りに来たのか」

慶亮は首を横に振った。

「手前は、火付盗賊改方《ひっけとうぞくあらためかた》の田島長尚《たじまながなお》様の手先をしておりまして、今日は御用で来たのでございますよ」

真十郎は片眉を上げて、疑う目を向けた。

「大店《おおだな》の次男坊が、何ゆえ火盗改《かとうあらため》の手先をしているのだ」

「暇でございますから」

「意味がわからぬ」

慶亮は表裏のなさそうな顔で笑った。

「戯作三昧《げさくざんまい》をしておりましたが、その物語に出てくる火盗改の手先が大好きになりまして、どうしてもやってみたくなって手蔓《てづる》を頼ったわけです」

そう告げた慶亮は、人懐っこそうな表情を一変させて目つきを厳しくした。

「そういうあなた様こそ、何者でございますか」

「わたしはここの用心棒だ。様子をうかがう怪しい男がおるというので、見張っていたところだ」

「雇われたってことですか」

「うむ」

「口入屋からの仕事ならば、店の名を教えてください」

「芦屋だ」

「芦屋の玉緒さんはよく存じております。それはそれは、お勤めご苦労様です。と言いたいところですがね旦那」

慶亮は身を寄せて声を潜めた。

「玉緒さんのよしみで御忠告しますが、今すぐ手を引かれたほうが身のためですよ」

「何ゆえだ」

「ここにいる女たちは、田島様が目を付けている盗賊、雲隠《くもがく》れ周蔵《しゅうぞう》の娘たちだからです」

旅の空で聞いたことがある名に、真十郎は眉根を寄せた。

「玉緒は、一言も言っていなかったが」

「知るはずもないかと」

信じられぬ真十郎は問う。

「娘たちも悪事に加担しているのか」

慶亮は首を横に振った。

「手前はもう三月《みつき》も調べていますが、悪い女たちには思えません。田島様にもご報告したのですが、尻尾を出すまで見張りをするよう命じられているのです。玉緒さんにもとばっちりがいくといけないので教えますが、ここは近いうちに必ず御上《おかみ》の手入れがあるはずですから、今すぐにでも去ってください」

言いましたからね、と慶亮は念押しして去った。

悪い男ではなさそうだが、慶亮が手伝っている田島については、いい噂はない。

そのことを思い出した真十郎は、一旦中に入り、井戸端で洗い物をしていたお夏に声をかけた。

「すまぬが、ちと出かけてくる。暗くなる前には帰るが、食べ物など、何かほしいものがあるか」

すると、井戸の向こうからお政がひょいと顔を出し、嬉しそうに駆け寄った。

「買い物でしたら、わたしも行きます」

真十郎は微笑む。

「用があるから待っていなさい」

お夏がお政を下がらせて言う。

「行商人が来てくれますから大丈夫です。お酒がありませんから、お飲みになるならお求めください」

「酒はよい。では、戻るまで用心してくれ」

二人に見送られた真十郎は、菅沼金兵衛の家に急いだ。

深川の東にある藁葺屋根の一軒家を訪ねると、庭に打ち水をしていた権吉《ごんきち》と菊《きく》が揃《そろ》って駆け寄った。

「若様、ようおいでくださいました」

権吉は嬉しそうに言い、菊は腕をつかんできた。

「若様、娘が無礼を働いておりませぬか」

口ではそう言うも、二人の仲を心配していることがよく伝わった真十郎は、菊の手を取って答える。

「二人とも案ずるな。玉緒とはうまくやっているぞ」

我が娘の幸せを願う二人は、安堵の笑みを浮かべる。

「金兵衛はいるか」

「はい、お部屋にいらっしゃいます」

伝えに行こうとする権吉を止めた真十郎は、手を離そうとしない菊に微笑む。

「ちと、訊きたいことがあるから来たのだ。すまぬが茶を頼む」

喜んで応じる菊が台所に向かうのを見つつ、真十郎は裏庭から金兵衛の部屋へ行った。

一人将棋をしていた金兵衛に声をかけると、

「おお、若様、お久しゅうございます」

居住まいを正して頭を下げた。

縁側に腰かけた真十郎は、さっそく田島の話をした。

「あの者を覚えているか」

すると金兵衛は、渋い顔をする。

「覚えておりますとも。亡き殿は、田島めが盗賊から押収した金を着服しておるのを疑われ、動かぬ証《あかし》をつかもうとされておりました」

横死したため、そのままになっているはずだという。

真十郎はうなずいた。

「やはりそうであったか」

金兵衛は問う。

「田島と、何かございましたか」

「今用心棒をしている家の者に、田島が目を付けているようなのだ。そのことを田島の手先が教えてくれてな、巻き込まれたくなければ手を引くよう言われたのだが、どうもしっくりこぬゆえ、金兵衛なら詳しいことを覚えているかと思ってきたのだ」

金兵衛は目を白黒させた。

「また用心棒をしておられるのですか」

「今はその話は気にせず、田島について、他にも知っていることがあれば教えてくれ」

金兵衛は身を乗り出す。

「まさに、若様に手を引くように申した手先も怪しいですぞ。田島が使う手先のほとんどが大店の次男や三男坊で、中にはどうしようもないぼんくらがおり、悪事に手を貸しているとも聞いております」

真十郎はそう聞いても、慶亮が悪い男には思えなかった。

菊が持って来てくれた茶で一息入れた真十郎は、金兵衛に言う。

「どうやら、父がやり残したことを引き継がねばならぬようだ」

金兵衛は真顔でうなずく。

「田島の悪事を暴くおつもりならば、お手伝いさせてください」

「何かあれば声をかけるゆえ、その時はよろしく頼む」

真十郎はそう告げて、お仙たちのもとへ帰った。

三

その頃慶亮は、神田にある田島の屋敷へ戻っていた。

裏庭から田島の部屋に行くと、他の手先が縁側のそばで控えており、座敷には用人の水川正一《みずかわしょういち》と権六《ごんろく》が座っていた。

程なく廊下を歩いてきた田島が上座に落ち着き、脇息《きょうそく》にもたれかかって告げる。

「慶亮、ご苦労だった。女どもはおとなしくしておるのか」

「はい。出かけもせず、引き籠もってばかりです」

「では、盗っ人仲間は来ておらぬのだな」

「今のところ一人も」

水川が権六と目を合わせてほくそ笑むのを慶亮は見たが、目を伏せて素知らぬ顔をしている。

権六は、血を分けた兄周蔵の元手下で、今は田島の手先になっている。

そのことを知っている慶亮は、田島があの家に踏み込む日は近いと思い、真十郎を遠ざけようとしたのだ。

すると権六が口を開いた。

「おかしら、三月待って周蔵の手下が来ないのは、あそこに五千両貯め込んでいるのを知らないからでしょう。そろそろ、よろしいかと。お目こぼしをいただいたお礼に、あっしが押し込んで手に入れましょう」

慶亮は焦って声を発した。

「手荒な真似をしてお仙に怪我でもさせれば、雲隠れの周蔵が黙っていないのでは」

するど権六が顔を向けてきた。

「兄者は今、遠くにおるから大丈夫だ。耳には届くまい」

そう言ってほくそ笑む権六に、田島が厳しい顔をして告げる。

「権六、わしの手先になったからには、盗っ人の考えを捨てろ」

「はは、申しわけありませぬ」

反省した様子の権六に微笑んだ田島は、すぐに笑みを消して告げる。

「お仙は、自分の父親が東海道に名を馳《は》せた大盗っ人だとは露ほども思うておらぬのだ。暮らしの糧にしておる店賃とて、父親が盗んだ金で手に入れた裏店だとは知るまい」

「おっしゃるとおりです」

うつむいて答える権六に、田島はうなずく。

「ならば、そう思わせておけばよい。知ってしまえば、苦しむであろうからな。そうであろう、慶亮」

水を向けられ、皆から注目された慶亮は、大きくうなずいてみせた。

田島が表情を険しくして続ける。

「だが立場上、盗まれた金をこのままにはしておけぬ。回収するよい策はないか」

慶亮は答えた。

「戯作で読んだことがありますが、家の者が留守をしている隙に家探しをして回収するのはどうでしょうか」

「だが出かけぬのであろう。どうやって留守にさせる」

「戯作では、米屋で箱根の一泊旅が当たるくじをさせて、うまく旅に行かせる策でした」

用人の水川が鼻で笑った。

「そもそも商家を巻き込んでは、我らの名が知られてしまうではないか。おかしら、世間に気付かれず金を回収するには、やはり御上の御用として、堂々と家探しをしなければなりませぬ、そこで、それがしによい考えがございます」

水川は田島のそばに権六を近寄らせて、三人でひそひそ話をはじめた。

「そいつは妙案です」

そう言った権六が、舌なめずりをして出ていった。

何をするのか気になった慶亮は付いて行こうとしたのだが、田島に呼び止められた。

「どこへ行く」

「権六さんの手伝いをしようと思いまして」

「奴《やつ》は支度をしに行っただけだ。それよりお前は、女どもがいる館を見張り、動きがあればすぐに知らせよ。特に、男の出入りには気を付けるのだ」

厳しく命じられた慶亮は、真十郎の存在を口に出すことなく、忠実な手先の顔をして深川へ戻った。

四

慶亮の心配をよそに、用心棒を続けていた真十郎は、何ごともなく一夜が明けて、朝からいい思いをしていた。

四女のお夏がどういうわけか真十郎を気に入ったらしく、何かと世話をやいてくれるからだ。

お夏は肉付きがいい身体をして、絶世の美女というわけではないが、色白で丸い顔の口元には愛嬌があり、商家の者たちの人気者だ。

用心棒として夜通し気を張っていた真十郎は、猫が擦り寄るように甘えてくるお夏を拒まず、好きな読み物をしていた。

「はい、ああん」

楊枝《ようじ》に刺した羊羹《ようかん》を勧めるお夏に、真十郎は微笑んで口を開けた。

「今朝届いたばかりなの。甘いでしょう」

「旨いな」

「もうひとつどうぞ」

ふたたび口に入れてもらったところで、庭からおとなう声がした。

「あら、心之助さんだわ」

お夏が応じて出ていくと、庭で心之助がぺこりと頭を下げた。

「毎度、髪を結わせてもらいますよ」

「お仙姉さんを呼んできますね」

お夏がそう言って去ると、心之助は座敷に上がってきた。真十郎に意味ありげな顔を向けて近づくと、手の平を差し出す。

催促する仕草に、真十郎が問う。

「なんの真似だ」

「決まっているでしょう。玉緒姐さんへの口止め料です」

見ていたという心之助の冗談より、玉緒との仲を知っていることに真十郎は驚いた。

「誰から聞いたのだ」

「旦那、髪結いの耳を舐《な》めちゃいけません。深川のことなら、大概耳に入りますから」

真十郎は心之助の手をたたいた。

「言いたければ好きにしろ。何もやましいことはしておらぬし、そもそも、玉緒はこんなことで怒る玉ではない」

「ごもっとも」

あっさり認めた心之助は、ここからは真面目な話だと言って小声で告げた。

「例の怪しい男が、外にいます」

真十郎は問う。

「目鼻立ちがはっきりした女好きがする顔の男か」

「そうです」

慶亮に違いなく、真十郎は眉根を寄せる。

「他にもいたか？」

「浅黒い肌の鋭い目をした、いかにも悪そうな男がいましたが、どこかへ走り去りましたから今は一人です」

田島が目を光らせているのだと思った真十郎は、折悪《おりあし》く、お光とお政が出かけているので心配になった。

そこへ、お夏が戻ってきたので問う。

「お光とお政はどこに行っているのだ」

「八幡様《はちまんさま》の門前仲町《もんぜんなかちょう》です」

富ヶ岡八幡宮《とみがおかはちまんぐう》までは少し遠い。

案じた真十郎は、心之助に向く。

「すぐ迎えに行ってくれ」

立とうとしていた心之助はずっこけた。

「旦那が行かれるんじゃないんですか」

「わたしはここに残っている者たちを守らねばならぬ」

「あっしは髪を結いに来たんです。それに町にいる二人の方が危ないのですから、用心棒の旦那が迎えに行ってくださいよ」

「いったいどうされたのです」

問うお夏に心之助が事情を話すと、お夏は不安そうに真十郎の袖をつかんだ。

「お政がまた攫われないでしょうか」

「そうだな。ではわたしが行こう。心之助、ここを頼むぞ」

「髪を結わせてもらいながら待っています」

ここは安全だと思っている心之助の呑気《のんき》そうな返答に、真十郎は田島が押し入ってくるかもしれぬと口先まででかかったが、やはりお夏たちを恐がらせてはいけないと思ってやめた。

「お夏」

「あい」

「わたしが出たら戸締りをしっかりして、誰が来ても開けるな」

お夏はうなずき、出かける真十郎に付いてきた。

表門から出ようとする真十郎にしがみ付き、

「早く帰ってくださいね」

心配そうに言う。

真十郎は微笑んでうなずき、門前仲町へ急いだ。

五

心之助がお仙の髪を結いなおし、続いてお圭に取りかかった時、塀の外から声がした。

「誰か戸を開けてくれないかしら」

順番を待っていたお夏が外を見た。

「お光姉さんの声だわ」

今開けます、と声を張ったお夏は、裏の木戸を開けに走った。

戻ってきたのは、お光とお政だけだった。

「真十郎様と行き違いになったみたい」

お夏がそう言って、迎えに行こうとするのをお仙が止めた。

「今度はお夏が行き違いになるといけないから、お帰りを待ちましょう」

「そうそう、旦那はなんの心配もいらないから待った方がいいですよ」

心之助が言うと、お夏は素直に従った。

話が決まったところで、お仙がお光とお政に言う。

「久しぶりの町はどうだったの?」

特にお政を気にしているお仙に、お光が明るく答えた。

「お政は何も怖くないみたいで、男に誘われても、まったく相手にせず平気な顔をして歩いていましたよ」

「知った顔ではないもの。それにあの連中は、昼間は滅多に外を歩かないから大丈夫」

お政の暗い過去を知る心之助は、髪結いの手を休めずに言う。

「深川の盛り場を牛耳《ぎゅうじ》っている連中は、ここで暮らすようになって見違えるほど美しくなったお政ちゃんを見ても、どこかの店のお嬢さんだと思って気付かないんじゃないかな」

「あらお上手」

お政は喜んで心之助の肩をたたいたものだから、髪を結う手元が狂いそうになり、お圭が不満の声をあげた。

「ちょっとお政、危ないでしょ」

「ごめんなさい」

あやまったお政が、そうだ、と言って、置いていた竹編みの手提げ籠を引き寄せた。

「姉さんたちに似合いそうな紙入れがありましたから、買ってきました」

籠の中から紙入れを出そうとしたお政は、あら、と声を出して、お光に不安そうな顔を上げた。

「置き忘れてきたの」

お光が言うと、お政はかぶりを振って告げる。

「これが入っていました」

取り出したのは、銀の簪《かんざし》だ。

買った覚えがない二人は、どこで紛れ込んだのかわからず戸惑っている。

「まったく覚えていないの？」

お仙に訊かれて、お政とお光は揃ってうなずいた。

お夏が簪を手にして、まじまじと見ながら言う。

「これは高そうね。紙入れに紛れ込んでいたんじゃない？」

「それは絶対にないと思う。だって、お店の人が包んでくれたもの」

お政が白い紙に包まれている紙入れを出して見せた時、勝手に庭に入ってきた者がいた。

皆が顔を向け、心之助があっと声をあげた。五人の男の中に、外にいた悪そうな顔の者と、真十郎に教えたもう一人の男がいたからだ。

心之助はお仙に言う。

「ここをずっと見張っていた人たちですよ」

険しい顔をしたお仙が、先頭の男に声を張る。

「勝手に入らないでください。人を呼びますよ」

すると男は、ほくそ笑んだ。

「人が来て恥をさらすのはそっちだぜ。おれは火付盗賊改方の手先をしている権六ってもんだ」

「なんですって」

息を呑むお仙の前で表情を引き締めた権六が、座敷の奥にいるお政を睨んで指差す。

「おい！　そこの小娘、小間物屋で盗んだ物を出せ！」

お政は真っ青な顔をして訴えた。

「違うんです。いつの間にか入っていたんです」

「そんな嘘がとおると思うな。手癖が悪い者にかぎってそう言いやがるが、お前が籠に入れるのを、ちゃんと見ていたんだ。おい、しょっ引け」

権六は聞く耳を持たず、命じられた手下が土足で上がった。

お夏が抵抗して、両手を広げた。

「妹は店の物を盗《と》ったりしません！」

「どけ！」

お夏を突き放そうとした手下の手が、胸に当たった。

「何するんですか！」

思わず体当たりしたお夏の圧力は並ではなく、手下は庭に転がり落ちた。

権六が歯を剝《む》き出して駆け上がり、

「御上に逆らうとこうだ！」

お夏に十手を振り上げた。

逃げる間もなく額を打たれたお夏は、呻《うめ》いて倒れた。

「お夏！」

お仙が叫んで駆け寄ると、お夏は涙を流したが言葉にならず、意識を失った。

「しっかりして！」

悲痛な叫びに驚いたお圭たちが、お夏のそばに集まった。

権六はお政を引き離して自ら縄を打ち、お仙たちに告げる。

「沙汰があるまで家から一歩も出るんじゃないぞ。いいな!」

「鬼!」

お主が怒りをぶつけたが、まったく相手にしない権六は、泣き叫ぶお政を連れて行ってしまった。

「大変だ」

どうしていいかわからず見ているしかなかった心之助は、やっと我に返って、真十郎を探しに走った。

六

「旦那、大変だ」

門前仲町を歩いていた真十郎は、心之助の声に振り向いた。

駆け寄った心之助からお政とお夏のことを聞いた真十郎は、

「しまった」

お夏の身を案じ、着物を端折《はしょ》って走った。

焦るほど遠く感じる道を急ぎ、やっと屋敷に到着した時、慶亮が門の前に出てきた。

「関わるなと言ったはずだぞ」

「どけ！」

突き飛ばした真十郎は、肩を怒らせて門から入り、心之助に扉を閉めさせた。

裏庭を急いで部屋に行く。すると、お夏が意識を取り戻していた。

お仙たちに看病されていたお夏は、真十郎が手をにぎってやると微笑んだ。

「そんなに汗をかいて、わたしのために急いで帰ってくださったの？」

真十郎はうなずき、額を冷やしていた手拭いを取った。青黒く腫れている。

「大きなたんこぶだな」

へこんでいれば命の心配があるだけに、真十郎は安堵した。

「痛いか」

そっと触れると、お夏が顔をしかめる。

「手足の痺《しび》れはどうだ、動かせるか」

「大丈夫、わたし石頭で、父親にしょっちゅう棒でたたかれても平気でしたから」

笑って言うお夏も、幼い頃から苦労をしているのだ。

やっと得た安寧な暮らしを揺るがす田島に憤りを覚えた真十郎は、刀を手に表門から出た。

慶亮を捕まえて、田島の屋敷に乗り込んでやろうと思ったのだが、どこにも姿がなかった。

追って出たお仙が、神妙な面持ちで言う。

「お政のことを聞きましたか」

「聞いている」

「お政はきっと、昔縁があった誰かに嵌《は》められたのです。でもどうして、火付盗賊改方がこのような仕打ちをするのでしょうか。連れて行った権六という手先は、お政を連れ戻そうとする者に、金で雇われているのでしょうか」

真十郎は向き合って告げた。

「裏で糸を引いているのは、田島本人だ。奴は火盗改の立場を利用して、悪事を働いている。手先の一人が言っていたのだが、田島はお前たち五人に目をつけている。何か思い当たることはあるか」

お仙は不安そうに首を横に振った。

真十郎は、江戸城がある西の方角に向く。

「では田島は、お前たち五人のうちの誰かに関わりがある者から金を渡されて、動いているのかもしれぬ。手先は何か言っていたか」

「沙汰があるまで、ここから出るなと言われました」

「ではその沙汰とやらを待とう。心配するな、わたしが必ず助ける」

中に入るよう促すと、お仙は神妙な顔で応じた。

臥所《ふしど》に戻ると、お夏が手を差し出してきた。

「真十郎様、手をにぎってください」

先ほどより声に力がない気がした真十郎は、そばに座って手を取った。

「心之助、医者を呼んでくれ」

声を張る真十郎だったが、お夏が抱き付いてきた。

「いいんです。こうしていれば、治りますから」

「旦那、医者はいらないようですね」

心之助が笑いまじりに言い、部屋から出ていった。

二人きりになったところで、お夏が言う。

「頭をたたかれた時に、おとっつぁんの顔が目に浮かびました。わたしのおとっつぁんも、あの人のようにお役人の手先をして十手を預かっていたんですが、気に入らないことがあると、わたしを十手でたたいていたんです」

「そうだったのか」

「お政も辛い目に遭っていたから、今どうなっているのか心配で」

ここにいる者は辛い過去を背負っているのを知る真十郎は、お夏がこうして甘えるのも、人の優しさを求めている証だと思った。

お夏の頬を手拭いで拭った真十郎は、

「もう怖い目には遭わせぬから、安心して横になりなさい」

そう言って仰向《あおむ》けにさせてやると、お夏は手を離そうとせず、微笑んで目を閉じた。

そばに付いていると、お圭が痛み止めの薬を煎じてきた。

「これを飲むと楽になるわよ」

起こされたお夏は、湯呑み茶碗の薬湯を一口飲んで顔を歪めた。

「苦い」

「我慢して飲むの」

甘えるお夏に対して厳しいお圭は、仲がいいほんとうの姉に見える。

二人を見て目を細めた真十郎は廊下に出ると、庭に向いてあぐらをかいた。連れて行かれたお政の身を案じ、田島がどう出るのかと思うと表情が厳しくなる。

夜になって、田島の手の者が来た。

お仙に出るのを止められた真十郎が身を隠して目を光らせていると、水川と名乗った男は、出迎えたお仙に厳しく告げた。

「お政を吟味したところ、怪しい節がある。どうやらお前たち四人のうちの誰かをかばっておるようだ」

「わたしたち五人は潔白でございます」

「それを明らかにするためにも、五人揃って吟味することになった。今すぐ、わしと共にまいれ」

「妹の一人が権六さんに怪我をさせられて臥《ふ》せっておりますから、ご容赦くださ い。わたしが一人でまいります」

「黙れ！」

水川は馬の鞭《むち》をお仙の肩に打ち下ろした。

痛みに耐えるお仙の顔を見て、舌なめずりをした水川は続ける。

「言うとおりにしなければ、お政を牢屋敷《ろうやしき》に連れて行くがそれでもよいのか」

「わかりました。おっしゃるとおりにいたしますが、怪我をした妹だけは……」

「ならん！　駕籠を待たせておるゆえ、乗せればよい！」

お仙は伏して従い、廊下を戻ってきた。

隠れて聞いていた真十郎は、お仙を捕まえて部屋に入った。

「行けば帰って来られないぞ。わたしが相手をしよう」

表に行こうとする真十郎の腕を引いたお仙が、首を横に振る。

「わたしたちは五人で一人だと言って暮らしてきましたから、どうなろうとも、お政のために行きます」

「しかし……」

「真十郎様には、とばっちりを受けてほしくありません。わたしたちが出たら、帰ってください」

「そうはいかん」

「用心棒は、今この場で暇を出します」

そう言ったお仙が襖を開けると、お圭とお光がお夏を支えて立っていた。

皆、覚悟を決めた顔をしている。

お圭が言う。

「お政が寂しがっていますから、急ぎましょう」

笑みを浮かべてうなずいたお仙は、真十郎に頭を下げ、水川と手の者が待っている表門から出ていった。

「旦那、行かせていいんですか」

心配して駆け寄る心之助に、真十郎は真顔で答える。

「お前のために行こう。そのかわり、お夏のことは、玉緒にはこれだぞ」

黙っていろという仕草をしてあとを追う真十郎に、心之助は、

「こんな時にそれを気にしますかね」

呆れた様子で付いて行く。

そんな二人を、畑のほとりにある物置小屋から見ているのは、権六だ。

「これでやっと留守になったな」

手下にそう言ってほくそ笑んだ権六は続ける。

「簪を盗ったくらいの罪では、夜には戻ってくる。今のうちにいただくぞ、急げ」

「へい」

出ていく手下どもに続いた権六は、留守になった女の館に走った。

七

走ってあとを追った真十郎と心之助は、お仙たちを連れて行く水川の一行を見つけて、気づかれないように身を隠しながら歩みを進めた。

田島の本宅は神田《かんだ》だったはずだが、水川が向かったのは、大川に架かる吾妻橋《あづまばし》の東、肥後新田《ひごしんでん》藩の下屋敷に近い武家屋敷だった。

大川沿いの道に面した表門から入った水川たちを見届けた真十郎は、暇そうにしている門番に歩み寄る。

着流しの身なりを見た門番が、声をかけてきた。

「何か用か」

真十郎は落ち着き払って告げる。

「それがしは月島真十郎と申す。田島殿に用があるのだが、こちらにおられるか」

堂々とした真十郎の態度に触れて、門番は臆したような顔をする。

「おられますが、お約束されていらっしゃいますか」

「我らは上様の命を伝えにまいった。急ぎ取り次ぎを頼む」

表情を厳しくして告げると、門番は焦った顔で応じる。

「ただいますぐに。少々お待ちください」

走り去る門番を見て、心之助が不安そうな声を発した。

「旦那、公方様《くぼうさま》のお名を勝手に出してもいいんですか」

「城には届かぬだろう」

そう言った真十郎は、近くに人がいないのを確かめて中に入った。お仙たちが裏手に連れて行かれるのを遠くに認めた真十郎は、門番が戻る前に追って走った。

広い敷地に建てられた母屋は、家禄が千五百石の田島家が持てるものではない。

「ここは、御公儀に届けておらぬ屋敷だな」

立派な母屋を見つつ、砂利の中に一筋通された石畳の小道を進んで裏庭に入ると、母屋の広縁の前に正座させられたお仙たちがいた。

「あ、勝手に困ります」

先ほどの門番が気付いて走ってきた。

「ご苦労」

笑顔で声をかけた真十郎は門番をどかせて、こちらに厳しい顔を向けている田島と目を合わせたまま、お仙たちの前に出て向き合った。

「真十郎様、どうして来たのですか」

焦って声をかけるお仙を見た水川が、真十郎を睨んだ。

「さては貴様、用心棒だな。上様の使者と偽るとは何ごとだ。罰当たりもたいがいにせい」

「まあまあ、そう怒らずに」

真十郎は穏やかに接して、座敷に顔を向けた。人を見くだしたような目を向けている田島に告げる。

「お仙さんをはじめ、ここにいるおなごたちは静かに暮らしておるというのに、どうしてつつくのだ。誰かに金で雇われておるのか、それとも、おぬし自身の考えで、おなごたちを辛い目に遭わせようとしているのか、どっちなのか聞かせてくれぬか」

田島は、右手に持っていた扇を畳に打ち付け、真十郎に向けた。

「用心棒の分際で、わしを詰問するとは何ごとだ」

「簪ごときで火盗改が出る幕ではないゆえ、怪しいと思っただけだ。自身番でこっぴどく叱ればすむことゆえ、ここからは、それがしが引き受けよう。さ、みんな帰るぞ」

縄まで打たれているお政を哀れに思った真十郎は、脇差《わきざし》で荒縄を切ろうとしたのだが、水川が憤慨の声を張り上げた。

「勝手に何をするか！　殿、こ奴は雲隠れ周蔵の手下に違いありませぬぞ」

「逃がすな！」

真十郎は囲む家来たちを睨み、田島に問う。

「そう決めつけて焦るのは、やはりおぬし、後ろめたいことがあるのだな」

田島は表情を引きつらせたが、すぐに不敵な笑みを浮かべた。

真十郎も微笑む。

「悪事を働く面構えとは、おぬしのような者を言うのだな。いったい何をたくらんでいるのか教えてくれぬか」

「ふん、盗っ人の手下に言うことなどない。者ども何をしておる、こ奴を捕らえよ。手向かいすれば構わぬ、斬って捨てよ」

家来たちが抜刀すると、お仙たちが悲鳴をあげた。

お夏が真十郎に駆け寄ろうとしたが、心之助が手を引いて下がらせ、庭の大岩を背にして言う。

「旦那、玉緒姐さん自慢の腕前を見せてくださいよ」

うなずいた真十郎は、家来どもと対峙《たいじ》して抜刀術の構えをした。

「待て！　待てぇい！」

大声を張り上げて庭に来たのは、武家の男だった。

鉢巻きを締め、襷《たすき》がけをしている捕り方が十数人続いてくると、田島の家来たちと対峙した。

「これはなんとしたことか！」

驚いて問う田島に、武家の男が前に出て告げる。

「連れて来い！」

「はっ」

応じた捕り方が、縄で縛られた権六と五人の男を突き出し、地べたに正座させた。

目を見開いた田島に、捕り方の一人が厳しい顔で告げる。

「目付役の藤堂《とうどう》だ。田島殿、今日は年貢の納め時と心得て神妙にされよ。この権六が、貴殿の悪事をすべて白状しておる」

田島は家来に守られ、藤堂に抗《あらが》う姿勢を見せた。

真十郎は、この隙にお仙たちを連れて出ようとしたが、慶亮が行く手を塞いだ。

「そう慌てることはないでしょう」

真十郎は身構えた。

「この状況で、まだ抗うのか」

すると慶亮は薄い笑みを浮かべて告げた。

「わたしは敵ではありませんよ」

慶亮は藤堂の横に並んで、田島に厳しい目を向ける。

「この者の悪事を暴くために、手蔓《てづる》を使って手先になっていたのです」

田島は愕然《がくぜん》とした。

「貴様のことは調べた。確かに西宮屋の倅《せがれ》ではないか」

「ええそうですとも。ただし戯作好きが高じて手先になったのは、あなたではなく藤堂様が先なのですよ」

田島は唇を噛んだ。

「隠密《おんみつ》だと申すか」

慶亮は勝ち誇った笑みを浮かべると、真顔になり、真十郎に聞かせるように語った。

「雲隠れ周蔵の弟権六を捕らえた田島殿は、お目こぼしと引き換えに、周蔵の隠し金を手に入れる話を持ちかけられ、それに応じるどころか、手先の一人に加えた。そうであるな、権六」

権六は唾を吐き捨て、騙した慶亮を睨んだ。

畑の物置小屋から出た権六と手下たちは、女の館に忍び込み、内蔵の床下に隠されていた五千両を運び出そうとしていたところを、慶亮に手引きされた藤堂に捕らえられたのだ。

権六に罵《ののし》られても、慶亮は飄々《ひょうひょう》と続ける。

「兄である周蔵から聞き出していた隠し金を奪おうとたくらんでいたが、お仙たち五人の女が暮らしているのを知り、まずはお政を騙して捕らえ、お仙たちをこうして呼び寄せておき、そのあいだに隠し金を奪い取り、何もなかったことにする肚だったのだ」

真相を知った真十郎は、田島に告げた。

「そのようなことをすれば、周蔵が黙っておらぬとは思わなかったのか」

田島は高笑いをして答える。

「できるはずもない。おいお仙、お前の父は、東海道を荒らした大泥棒だと知っておったか。裏店の店賃で生きておるようだが、あの裏店は、人から盗んだ金で得たものだ」

藤堂たちと対峙しつつ悪態をつく田島に、お仙は毅然《きぜん》と答えた。

「何も知らぬくせに、偉そうに言わないでください」

「何を……」

「雲隠れ周蔵は、権六が掟《おきて》を破ってわたしの両親を殺《あや》めたため、罪滅ぼしに育てくれたのです」

権六は顔を引きつらせた。

「まさか、お前はあの時の」

お仙は、目に涙をためて権六を睨んだ。

「わたしは、周蔵の隠し子なんかじゃありません。あなたが遊ぶ金欲しさに押し入った桔梗屋《ききょうや》の娘です」

「それじゃてめえは、親の仇の兄だと知りながら、親子を演じていたのか」

「いいえ、真実を知ったのは、半年前に周蔵から送られた手紙に書いてあったからです。それまでは、疎遠だった父の弟だと言われて、疑いもしていませんでした。今の裏店は、周蔵が父の弟になりすまして引き継いだ桔梗屋の、わたしのほんとうの父の持ち物ですから、世間様に恥ずかしいものではありません」

何も言い返せない権六は、おもしろくなさそうに舌打ちをして、横を向いた。

真十郎が田島に告げる。

「立場を忘れ、欲のために盗っ人と組む腐った役人は、万民の敵だ。恥を知れ！」

ふん、と鼻で笑って相手にせぬ田島は、怒りを慶亮に向ける。

「貴様だけは許さん。一人も生かしてここから出さぬ」

慶亮が真十郎の横に立ち、勇み立つ田島に告げる。

「こちらの用心棒の本名は、かの大垣沖信殿だが、それでも抗うおつもりで？」

将軍が沖信の帰参を望んでいるのを知っていた田島は、見開いた目を真十郎に向けた。

「ばかな」

真十郎は慶亮に言う。

「初めから知っていたのか」

慶亮はにたりと笑い、田島に告げる。

「周りを見てごらんなさい、家来たちは腰が引けている。おとなしく刀を捨てられたほうが、痛い目に遭わずにすみますよ」

「田島、慶亮が言うとおりぞ」

説得する藤堂に憎々しい顔を向けた田島は、声を張り上げた。

「褒美は思うまま与える。この者どもを生かして出すな！　斬れ！」

「おう！」

俄然《がぜん》勢いを取り戻した家来たちが、捕り方に襲いかかったことで、たちまちのうちに乱戦になった。

女たちと心之助を守って下がった真十郎は、斬りかかってきた敵を峰打ちに倒し、

「あそこに隠れていろ」

庭の奥にある茶室に入らせると、数で負けている藤堂に加勢した。

捕り方を押し切ろうとしていた家来の背中を峰打ちした真十郎は、右から斬りかかってきた敵の刃《やいば》をかい潜《くぐ》って腹を打ち抜け、水川に斬られそうになっている藤堂を助けに走る。

水川は藤堂を押し離して足を斬った。

浅傷《あさで》だが、藤堂は顔を歪めて右膝をつく。

水川は刀を振り上げてとどめを刺そうとしたが、迫る真十郎に気付いて飛びすさった。

縁側に上がった田島を守って下がる水川に、真十郎は迫る。

刀を峰打ちから刃に転じた真十郎は、水川と互いに正眼に構え、刀身の先を交差させるほど間合いを詰めた。

興奮気味の水川と目を合わせた真十郎は、まったく隙がない。

真十郎が半歩出れば水川は引き、

「おう!」

と気合をかけてきた。

真十郎が一歩引き、下段に構えた刹那、引き付けられるように水川が前に出た。

裂帛《れっぱく》の気合と共に鋭い突きを繰り出した水川に対し、真十郎は刀を弾《はじ》き上げ、胴を打ち抜ける。

呻いた水川は、刀を地面に突いて耐えようとしたが、横向きに倒れた。

息絶えた水川を見て息を呑んだ田島は、厳しい目を向けて近づく真十郎に、右手を出して懇願した。

「待て、待ってくれ。悪いのは水川だ。すべてあの者が勝手にやったことだ。わしは悪くない」

情けない醜態を曝《さら》す田島に、真十郎は成敗する気も失《う》せた。

「まだ武士と思うておるなら、潔う腹を切れ」

刀を下ろしてそう告げた真十郎は、背中を向けた。

その隙を逃さぬ田島は、刀を振り上げて縁側から飛び、斬りかかってきた。

「危ない！」

藤堂が叫ぶのと、真十郎が振り向くのが同時だった。

田島の幹竹割《からたけわ》りは空を切り、振り向きざまに一閃した真十郎の刃は、右足の膝から下を斬り飛ばしていた。

地面にたたきつけられた田島は、何が起きたのかすぐに理解できぬ様子でいたが、足を見て我を失ったように叫び、のたうち回った。

刀を懐紙で拭った真十郎は、藤堂と慶亮に告げる。

「わたしはただの用心棒ゆえ、これよりの関わりは控えていただきたい」

「かしこまりました」

敬意を払って頭を下げる藤堂に倣い、慶亮も神妙に応じる。

倒れた悪党に向かう藤堂たちに背を向けた真十郎は、お仙たちのところに行った。

お夏が駆け寄り、抱き付いてきた。

「真十郎様、怖かった」

「もう大丈夫だ」

五人の女と心之助を屋敷に送り届けた真十郎は、門の前で告げた。

「これで、用心棒は必要なくなったな」

お仙は頭を下げた。

「おかげで助かりました。お礼は、改めてさせていただきます」

「気にするな、これも用心棒の仕事のうちだ。では、わたしはここで失礼する」

心之助が言う。

「旦那、ほんとうに、もう来られないのですか」

「本業があるのだ」

笑って告げた真十郎は、皆に中に入るよう促して、夜道を家路についた。

追ってくる足音がしたので立ち止まって振り向くと、お夏だった。

「お礼のしるしに、今夜だけお世話をさせてください」

目に涙を溜《た》めているのが月明かりでもわかった真十郎は、微笑む。

「気持ちだけもらっておく」

するとお夏は抱き付き、口づけをすると恥ずかしそうに下がり、走り去った。

柔らかい唇の感触に、呆然としてお夏を見送る真十郎は、いきなり耳を引っ張られて悲鳴をあげた。

「客に手を出したわね」

恐ろしげな声で玉緒だとわかり、真十郎は耳の痛みに身をよじった。

「違う」

「嘘をおっしゃい」

耳を離さず引っ張って歩くので、真十郎は誤解だと言い続け、されるがまま付いて歩く。

それを陰から見ていた慶亮が、横にいる町人風の男に言う。

「ご覧のとおり、随分楽しそうですよ」

町人風の男は、玉緒に引っ張られる真十郎の後ろ姿を見て、愉快そうに目を細めた。

「確かにあの様子では、戻ってきそうにないな。一応、上様に報告する」

そう言ってきびすを返す町人風の男に頭を下げた慶亮は、真十郎を見て微笑み、男のあとを追って走り去った。

第二章　望郷

一

「おお、さぶさぶ」

鶴亀屋敷の長屋部屋は、今朝は底冷えがする。

布団を被《かぶ》って丸まった真十郎は、ぐうっと鳴る腹の虫に、

「ないものはない」

と言い聞かせ、目をつむった。

米櫃《こめびつ》は空っぽ、財布には二文、酒徳利は三日前に洗ったままで、あるのは水だけだ。

江戸を騒がせていた盗っ人一味が一網打尽にされたことで、江戸市中には安堵

が広がり、真十郎が生業にしていた家守の仕事はさっぱり来なくなった。

僅かな蓄えはすぐに底をつき、昨日の朝から何も食べていない真十郎は、三日後の子守の仕事まで耐え忍ぶべく、寝て過ごすことにしている。

空腹でも、目をつむれば案外眠れるもので、いつの間にか夢を見ていた。

ふと目がさめ、どれほど眠っていたのかぼうっと考えていると、静かな路地に軽やかな下駄の音がしてきて、部屋の前で止まった。

「旦那、いるんでしょう」

声をかけた玉緒が戸を開けた。

身を起こして座った真十郎は、上がってきた玉緒を見上げた。

決して美人ではないが、仕草と表情に色気がある玉緒は真十郎のそばに来ると、殺風景な部屋を見回しつつ、向き合って座った。

「今日も仕事がないようですね」

会うのは三日ぶりだ。

「どうして知っている」

「旦那のことはなんでも耳に入るんです。子守だけじゃ、食べていけないでしょう」

「心配には及ばぬ」

強がった途端に、腹の虫が勝手に困窮を訴えた。

くすっと笑った玉緒が、真十郎の腕を引く。

「はい、着替えましょう」

「どこに連れて行こうというのだ」

「いいからいいから」

浴衣の帯を解いた玉緒に従い、袷《あわせ》の小袖と袴に着替えた真十郎は、無銘の刀を帯に落として草履をつっかけた。

連れて行かれたのは、永代橋《えいたいばし》の袂《たもと》にあるそば屋だ。

朝が早い者たちを相手に商売をしている店は、ひと仕事を終えた船乗りや漁師たちで繁盛しており、玉緒が暖簾《のれん》を潜ると、店主が気付いて店の小女に指図した。

心得ている小女が玉緒を案内したのは、店の二階だ。

「こちらにどうぞ」

窓辺から大川を見下ろせる場所を示されて、玉緒が小女に注文する。

「こちらの旦那はお腹《なか》が減ってらっしゃるから、わたしのと合わせて三人前お願いね」

明るく応じた小女は頭を下げて下りていった。

真十郎は玉緒の目を見た。

「何か言いたいことがあって来たのではないのか」

「まずはお腹いっぱい食べてくださいな」

微笑んで川を眺める横顔を見て、なんだかいやな予感がする真十郎だったが、程なく小女が来た。

「お待ちどおさま」

「早いな」

「早くて美味しいのが、うちの売りですから」

にこやかに言った小女が置いてくれたのは、大きなどんぶりだ。

二人前のそばは濃い色のつゆに浸されて、三つ葉と油揚げが添えてある。

初めての店だったが、熱いのを口に入れた真十郎は、深みのある出汁《だし》の味に頬がゆるんだ。

「旨いな」

「よかった」

嬉しそうな顔をした玉緒は、そばを一口食べて幸せそうに微笑み、箸を進めた。

汁を一滴も残さず平らげた真十郎は、久しぶりの満腹に満足しつつ、玉緒が箸を置くのを待った。

すると玉緒は、箸を揃えて置き、真十郎に真顔を向けた。

「今日は旦那に、仕事をお願いしたいんです」

「まあそうだろうとは思っていたが、あまりいい仕事ではないようだな。用心棒か」

「ええ、深川大島町《おおしまちょう》に暮らす親子です」

名も教えない、誰から守るのかも教えない、おまけに日当は安いし、飯も持参。話を聞きながら、玉緒は何かを隠していると思った真十郎であるが、食うために受けることにした。

「いいだろう。どうせ暇だ」

そう返答をすると、玉緒は手を合わせて申しわけなさそうに言う。

「今から一緒に行ってくださいね。今日の夜食は、わたしが持ちますから」

昼はないのかと言いかけて、真十郎はやめて立ち上がった。

玉緒に案内されたのは、真新しい仕舞屋《しもたや》だ。しかもなかなか立派で、用心棒代を渋る家には見えない。

だが、親子に会ってみると、母親の重子《しげこ》は目を患っており、息子の也助《やすけ》が世話をしている境遇だった。

重子は、優しい息子に迷惑をかけまいと、一人でなんでもするようにしているのだが、買い物へ行けば、目が霞《かす》むのを知った店の者が、銭を余分に盗ったり、また、巾着切《きんちやく》りに目を付けられ、巾着をすられたりしていた。

仕事で也助と付き合いがある玉緒が、本人から近況を耳にして、暇な用心棒がいるから助けさせますよ、と持ちかけていたのだ。

玉緒が帰ったあとで也助からそう聞いた真十郎は、

「どうりで日当が安いはずだ」

と、つい口から出てしまった。

「申しわけありません。恩に着ます」

「いや、今のは玉緒とわたしのことゆえ、客であるそなた様は気にしないでくれ」

「お武家様にそのように言われては困ります。お世話になるのはこちらのほうですから」

恐縮する也助に、真十郎は微笑んで請け負った。

「母御の重子殿のことはわたしにまかせて、しっかり薬代を稼いでくれ」

「ありがとうございます。おっかさん聞いたかい、こちらの旦那が、今日からわたしたちを助けてくださるんだよ。わたしはこれから仕事に行ってくるから、旦那と一緒にいてくださいね」

「ああ、行っといで、早馬に蹴られないよう気を付けるんだよ」

「あいよ」

いつまでも子ども扱いなんです、と小声で真十郎に言って笑った也助は、手招きしてきた。

声が届かない廊下で告げられたのは、重子のことだ。

「銭を取られるようになって家に籠もっていましたから、首を長くして旦那が来られるのを待っていました。きっと買い物に行きたがると思いますが、お願いできますか」

「引き受けよう」

「気を付けていただきたいのが、甘い物です。医者から止められていますから、買わないよう目を光らせてください。こんなことをお武家様にお願いして、申しわけありません」

「わたしは雇われた身ゆえ、なんでもお命じくだされ」

とんでもない、と恐縮した也助は、くれぐれも頼みますと言って出かけた。

母想いの也助に胸を打たれるのは、大垣の名を捨てたからであろう。

同じ江戸の空の下でも、遠い彼方《かなた》にいるように感じる母の顔を目に浮かべた真十郎は、重子がいる居間に戻った。

囲炉裏《いろり》にかけている鉄瓶を取ろうとしている重子を手伝うと、重子は真十郎に、しっかりとした眼差しを向けてきた。

曇りのない、美しい目だと思っていると、

「旦那は、いい男ですね」

そう言われて、真十郎は驚いた。

「見えるのですか」

「おほほほ、目は霞んでいますが、声でわかるんです。息子は優しいから、きっと治ると言ってくれるのですが、わたしがいないところで、いつもため息をついているんです」

目が衰えた分、耳が良くなったと笑う重子は、立ち上がって言う。

「さっそくお願いしたいのですが、買い物に連れて行ってくださるかしら」

「お安いご用です。ほしいものを言うてくだされば、わたしが代わりに行きますが」

「それでは楽しくありませんから、ご一緒しましょうよ」

応じた真十郎は、買い物籠を持つ重子の目となり、町へ出かけた。

まず行ったのは、八百屋だ。

働いて帰る也助のために煮物を作りたいのだと聞いた真十郎は、店先で蓮根《れんこん》を品定めしていた。

すると出てきた店の男が、真十郎の後ろに重子がいるのを見て、ずる賢そうな顔をした。

この者が、重子から銭を余分に盗っていたに違いない、そうぴんときた真十郎は、声を大にした。

「重子殿、今日は何も恐れることはありませぬぞ。思うことがあるならば言ってください。わたしが対処します」

きょとんとした顔をする重子に、真十郎は続ける。

「いつもこのあたりで、あるはずの銭が少なくなるのだと言われていましたな。そのことを言っているのです」

「ああ、あのことですか」

重子が返事をすると、八百屋の男は誤魔化すように声をかけてきた。

「おや、誰かと思えば重子さんじゃないですか。そうだ、今日はいい蓮根が入っていますよ。いつもたくさん買ってくださるから、これはお礼です」

重子が持っている籠に蓮根と芋を入れた男は、媚《こ》びた笑みを浮かべて頭を下げた。

「まあこんなにたくさん、いいんですか」

まるではっきり見えているように言う重子に合わせて真十郎が八百屋の男を見ると、男は表情を強張《こわば》らせ、大根と菜物を追加して、逃げるように他の客の相手をしに行く。

これで、もう二度と悪さをしないだろうと察した真十郎は、重子の手を引いて通りを歩いた。

堀の橋を渡って黒江町《くろえちょう》に足を延ばしたのは、外出ですっかり気分をよくした重子が、行ってみたいところがあると言ったからだ。

堀川を渡ったところで、重子が足を止めた。

「ちょっと、一人で歩いてみます」

「大丈夫ですか」

「ええ、人の姿はぼんやりと分かりますから」

そう言って歩みを進める重子に付かず離れず見守っていた真十郎は、店の軒先で柱に寄りかかり、町ゆく者たちに物色するような目を向けている男に気付いた。

様子を見ていると、男は重子に目をとめるなり、獲物を狙う悪人面となり、横にいた仲間の袖を引いた。

二人が目を向ける先には、人にぶつからぬよう用心し、小股で歩いている重子がいる。

二手に分かれた男たちは、背が高いほうが重子の前から近づき、わざとぶつかった。

驚いた重子が、頭を下げる。

「ごめんなさい」

「いいってことよ。お互い、ちゃんと前を見ていなかったんだからよう。気を付けなよ」

肩をぽんと軽くたたいて離れた男は、仲間とほくそ笑みながら立ち去ろうとした。

その二人のゆく手に、真十郎が立ち塞がる。

「今懐に入れた物を黙って出せば、見逃してやる」

刀の鯉口《こいぐち》を切って見せると、二人は息を吞んで下がり、商家の壁に追い詰める真十郎に両手を合わせた。

「旦那、とんだ言いがかりですぜ」

「あっしらは、巾着なんか盗ってません」

「誰が巾着だと言った」

「あっ」

焦った男が逃げようとしたが、真十郎は抜刀し、喉元に切っ先を突き付けて止めた。

「悪さをする手を切って捨ててやろうか」

「ひ、ごご、ご勘弁を」

声を引きつらせた男は、胸に隠していた巾着を差し出した。

紺に赤い紐のそれは、確かに重子の巾着だ。

受け取った真十郎が刀を引くと、男たちは転がるようにして逃げていった。

そうとは知らず歩みを進めた重子を追って走った真十郎は、腕を引いて止めた。

「その先は堀だ」

引き寄せ、気づかれないよう巾着を懐に戻した真十郎に対し、重子は微笑む。

「いいんですよ。行きたいのはこの突き当たりを右に曲がったところですから」

対岸の道を歩いていた時に、菓子屋があるのを見ていた真十郎は、手を離さない。

「あそこより旨い饅頭屋《まんじゆうや》に案内しよう」

そう言って手を引いて路地を戻った真十郎は、永代橋の近くにある饅頭屋に案内した。

緋毛氈《ひもうせん》を敷いた長床几に腰かけさせ、店の者に饅頭と茶を注文する真十郎に、重子は明るい笑みを浮かべる。

「ほんとに、旦那は優しいですねえ。わたしがあと三十若ければ、惚《ほ》れていますよ」

「三十も若返れば幼子《おさなご》になってしまうだろう」

「まあ、お上手だこと」

二人で笑っていると、店の女が饅頭と茶を持ってきた。

皿を手にした真十郎がひとつ渡してやると、一口食べた重子は咀嚼《そしやく》をやめて、感慨深げな表情をして饅頭を見つめていたが、ほろりと涙を流した。

真十郎は驚いた。

「すまぬ、塩味が口に合わなかったか」

重子は首を横に振り、

「赤穂《あこう》まんじゅうが懐かしくて、つい」

声を震わせて言うとふたたび口に運んだ。

真十郎は涙の理由を訊けぬまま、ゆっくりと饅頭を味わう重子を見守るのだった。

二

翌朝真十郎は、昨日会えなかった也助に重子の報告をするべく、朝早く出かけた。

家に着いておとなってから戸を開けた真十郎に対し、土間にいた也助は不安そうに歩み寄ってきた。

「旦那、昨日はどこに行ったのですか」

問いただすような言い方をされて、真十郎は誤魔化した。

「買い物をしただけだが、いかがされた」

「母が昨日から、やけに寂しそうにするものですから、何かあったのかと訊いても、答えてくれないのです」

これから夜遅くまで働きに出る也助にとって、一日は長い。いらぬ心配をさせては仕事に影響が出ると思った真十郎は、素直に明かした。

「すまぬ。永代橋の袂にある店の塩まんじゅうならば、甘さが控えめなので良いかと思い案内した」

頭を下げる真十郎に、也助は、あっと声を張った。

「ひょっとして旦那、その饅頭屋とは、浅野屋《あさのや》ですか」

「うむ」

「なるほど、それでわかりました」

「浅野屋と何か縁がおありなのか」

「いえいえ、おっかさんはただ、赤穂まんじゅうを食べたから、京にいた頃を思い出したのでしょう」

真十郎は少し驚いた。

「重子殿は、京におられたのか」

「生まれが京なのです」

也助は安堵して、重子の出自を教えてくれた。

それによると、重子は宮中に仕えていた藤川《ふじかわ》家の娘で、幼い頃は、朝廷への献上品だった赤穂まんじゅうを父親が持って帰り、よく食べていたのだ。

大人になり、縁あって江戸に嫁いできた重子は、也助に恵まれ、幸せな人生を送っていたのだが、夫が老衰で他界し、残された財で暮らしていたところ、目が衰えてきたのだという。

若い頃から書物が好きだったという重子は、人情物の戯作を月に何冊も読んでいたのだが、近頃は目が衰えてしまい、一冊読むのに苦労しているという。

そこまで話したところで、重子が表の廊下に出てきた。

気付いた也助が廊下に上がり、母のもとへ駆け寄る。

「おっかさん、縁側から落ちないよう気を付けて」

手を取って座らせた也助に、重子は微笑む。

「今日は天気がいいから、読み終えられそうだよ」

そう言って本を開いた重子は、朝日に照らされた字に顔を近づけ、読みはじめた。

仲よくする姿に、己の母親と弟を重ねた真十郎は、会えぬ寂しさを嚙みしめ、重子のために働いた。

用心棒とは名ばかりで、真十郎は大小の刀を壁に立て掛け、尻端折《しりっぱしょ》りをして水仕事に励んだ。

めしは持参という約束だったが、優しい重子がそのようなことをさせるはずもなく、昼には真十郎のために、うどんを作ってくれた。

熱いのを入れたどんぶりを二つ運んだ真十郎は、板の間の膳に置き、重子の手を取って上がらせると、向き合って座った。

「では遠慮なく、いただきます」

合掌してどんぶりを手にした真十郎は、澄んだ出汁を一口すすり、微笑んだ。

「也助殿から、重子殿は京のご出身だと聞きましたが、これは京の味ですね」

そう言ってうどんをすする真十郎に、重子が笑みを浮かべてうなずいた。

「江戸の暮らしが長いですが、うどんだけは、この味しか作れないのです」

「京で食べた味だ。旨い」

「よかった」

嬉しそうにする重子に、真十郎は箸を止めて訊いた。

「本を終わりまで読めましたか」

「あら、どうしてご存じ？」

「今朝来た時に、也助殿と話されていたでしょう」

するとと重子は、あきらめたような顔を横に振った。

「目が疲れてしまって休んでいたら、昼になったのよ。あと少しで終わるのだけど、明日にしようかしらね」

「では、買い物はわたしが行ってきましょう。残りを読み終えてください」

「それじゃ悪いわ」

「何をおっしゃいます。そのためにわたしがいるのですから遠慮なさらずに」

「いいのよ、わたしも出かけたいから。でも、今日は甘い物は我慢ね」

笑う重子に微笑んでうなずいた真十郎は、望みどおりに、昼から買い物に出かけた。

遅くまで働いて帰る也助のために、京の味の料理を作るのだと言う重子を手伝って買い物をすませた真十郎は、手を引いて家に帰ってきた。

すると、表の戸口の前に一人の若者が倒れていた。

「ここで待っていてください」

重子に見させまいと、先に近づいてよく見れば、背中に刺し傷がある。人が滅多に通らない路地だが、騒ぎになっていないところをみると、たった今来たに違いなかった。

若者が呻いた。

生きていることに安堵した真十郎が身体を揺すった。

「おい、しっかりしろ」

声に驚いた重子が、歩みを進めて問う。

「どうしたの？」

「人が怪我をして倒れています」

「まあ、それは大変。雨の匂いがするから、降れば濡《ぬ》れてしまうわね。どうぞ、うちに連れて入ってください」

重子が言っているはしから、今にも泣きそうだった空から雨粒が落ちてきた。

冷たい雨に濡らさぬよう真十郎が助け起こすと、若者は顔を歪めて立ち上がり、

「大丈夫ですから」

力のない声を発して去ろうとするのだが、よろけて壁にすがり、また倒れた。

「無理をするな」

真十郎は手を貸して立たせようとしたのだが、その時若者の胸もとから、一枚の紙が落ちた。

二つ折りにされていた紙が開き、真十郎が見ると、商家の名が十軒分ほど書かれていて、そのうち五軒には線が入れてある。

何かを終えた印と見た真十郎は、若者に返してやり、肩を貸して立たせると、家に運び込んだ。

「汚れますから、ここで結構です」

若者は遠慮して、戸口の小上がりに腰かけたが、傷の痛みに耐えかねたように、三和土《たたき》に倒れ込んだ。横向きになったせいで血が流れ落ち、三和土が汚れた。

「そのままうつ伏せになりなさい。傷を見るぞ」

帯を解き、着物の両肩を下げてみると、右の背中に刺し傷があり、動くと血が流れた。

真十郎は台所から清潔な手拭いを持って来ると、止血をはじめた。

「旦那、真面目に働いてますか」

そう言いながら、開けたままにしていた戸口から入ってきたのは玉緒だった。

「どうしたんです！」

驚く玉緒に、真十郎は顔を向けて言う。

「いいところへ来た。見てのとおりだからすぐに医者を呼んでくれ」

「近くに良い先生がいらっしゃいますから、待っていてください」

そう言って外に出た玉緒は、傘をさして雨の中を走った。

呻く若者は、痛みに耐えて歯を食いしばり、話ができる状態ではない。

「辛抱しろ。今に医者が来るからな」

「も、申しわけありません」

痛みに襲われた若者は、死にたくないと言って狼狽《うろた》えた。

「助けるから落ち着いて、深く息をしなさい。さあゆっくり」

傷をさけて背中をさすってやると、若者は息を吸い、震える口から吐き出した。

「そうだ、いいぞ。どうやら肺は傷ついていないから大丈夫、死にはしない」

重子が持ってきてくれた新しい手拭いで傷口を押さえ、医者を待った。

「旦那、お連れしましたよ」

玉緒の声がしたのは、程なく雨が小降りになった頃だ。

戸口に立った玉緒が、振り向いて手招きする。

「國晶《こくしょう》先生早く、こっちです」

「まったく、年寄りをなんだと思うておる」

そう言いながら戸口から入ってきたのは、白髪の総髪をきっちり整えた渋面の男だ。

御年七十五の國晶は、真十郎に代わって傷の具合を確かめると、若い助手の男が差し出した徳利を受け取り、傷に苦しむ若者に言う。

「ちと痛いぞ」

助手が筒状に丸めた布を若者に噛ませるのを待った國晶は、徳利をかたむけて、赤茶色の液体を傷口にかけ流した。

途端に、若者は火が付いたように叫んだが、意識を失った。

玉緒が驚いて口を開く。

「國晶先生、死んじまったんですか」

國晶は、かっかと笑って答える。

「わしが長年苦労して作った秘伝の傷薬は、あまりの痛さに気を失ってしまうのじゃ。心配せんでもよろしい」

助手が微笑んで続く。

「先生の薬は、傷の治りが早いと評判なのです」

玉緒は興味ありげに、若者の背中を覗《のぞ》き込んだが、すぐに顔をしかめて咳《せ》き込んだ。

「匂いがきついですね」

「いい匂いがする薬があるものか。邪魔をするでないぞ」

玉緒を下がらせた國晶は、気を失っているうちに傷の手当てをすませると言い、竹で作った細い箆《へら》を傷口に刺し込み、深さを見た。

「どうやら、刃物の切れ味が悪かったようじゃな。幸い傷は浅いゆえ、これならば、命は大丈夫じゃ」

刀傷にも通じている國晶は、手早く傷を縫い合わせた。そして、落ち着いたところで若者の顔を見て、眉根を上げた。

「おや、このお方は……」

言いかけて口を閉ざす國晶に、真十郎が問う。

「知っている者ですか」

「名は知らんのだが、京のお公家《くげ》さんだ。一昨日に近くの旅籠《はたご》でそう言っているのを通りがかりに耳にした」

すると、重子がそばに来た。

「お公家さんが、どうしてこんなところで刺されたのでしょう。真十郎殿、何か聞いていますか」

真十郎は首を横に振った。

「とても訊ける状況ではなく、しゃべらないほうが良いと思いましたもので」

國晶は渋い顔で言う。

「それが正解じゃ。事情は、意識を取り戻せばわかる。今はとにかく、しっかり診てやることじゃ。熱が出ておるからの」

「目が霞まなければ、わたしが看病できるのに」

悔しがる重子の肩に、國晶が手を差し伸べた。

「そう気を落とすな。前にも言うたであろう。そなたの目は必ず良くなる。薬は欠かさず飲んでおるのか」

困ったような顔で返答をしない重子に、國晶は厳しい顔をした。

「飲んでおらぬのか」

「息子が今、薬代を稼いでくれていますから」

「気にするなと言うたではないか」

國晶は厳しい口調で言いつつ、助手を促す。

心得ている助手が手箱から紙の袋を取り出し、重子の手を取って渡した。

重子は驚いて押し返す。

「いけません。お代を払わずに受け取ると、息子に叱られます」

「ではわたしがお代を払いましょう」

「玉緒さん、いけません」

慌てる重子に、

「遠慮しなくていいんですよ」

玉緒がそう言って、薬の袋を改めて受け取らせて続ける。

「也助さんはしっかり働いているんだから、今はわたしが立て替えておくだけです」

二朱金を國晶に渡す玉緒を見て、真十郎は微笑んだ。

親子に対してやけに優しいな、と言いたいところだが、機嫌を損ねるといけないので今はやめておくことにした。

そんな真十郎に、玉緒が擦り寄ってくる。

「旦那、惚れなおしたと言いたそうな顔をしてますね」

真十郎は、玉緒の鼻をちょんとつついた。

「重子殿に薬を煎じてあげなさい」

「あい」

猫なで声で応じる玉緒の調子のよさに首を傾《かし》げた真十郎は、大雪が降るんじゃないかとつい口から出そうになったが、意識を取り戻した若者が呻き声を発したので、そちらに声をかけた。

「もう大丈夫だぞ。動けるか」

「はい、なんとか」

身を起こすのを手伝ってやると、若者は上がり框《がまち》に腰かけようとしたが痛そうにするため、無理をさせず横にさせた。

「おかげで助かりました。痛みも、少し楽になった気がします」

國晶にそう言って着物の袂に手を入れた若者は、小判を一枚差し出した。

「これは、お礼です」

「旅籠にお泊りでしょう。無理をしておりませぬか」

「どうぞ、お受け取りください。こちらのお方の薬代も入れていただけますか」

落ち着いた態度を見て、國晶は目を細める。

「ひょっとして、話を聞いていたのですか」

ただ微笑む若者に、國晶は心得た面持ちで小判を受け取り、奥に向かって声を張った。

「重子殿、玉緒殿、こちらのお公家さんから薬代をいただいたから、払わなくてもよろしいぞ」

箸を持ったまま玉緒が出てきた。

「お公家さんがどうして？」

「世話になったお礼だそうだ」

國晶はそう言って玉緒に二朱金を返すと、助手を連れて帰った。

あとから来た重子に、若者は頭を下げる。

「家を血で汚してしまい、申しわけありませぬ」

「いえいえ、気になさらずに」

重子はそばに行くと薬代の礼を言い、心配そうな顔をして問う。

「あなた様はお公家さんだと、先生から聞きました」

「申し遅れました。九条貞光《くじょうさだみつ》と申します」

「九条家の若君ですか」

瞠目《どうもく》する重子に、貞光は真顔でうなずいた。

真十郎が口を挟む。

「その九条家の若君が、何ゆえこんなところで刺されなければならぬのです」

貞光は浮かぬ顔を下に向け、首を横に振った。

「いきなり後ろから襲われ、何が起きたのかもわからぬうちに、気づけばここに来ていました」

「気が動転していたのですね」

重子に言われて、貞光はうなずいた。

「ここでは何ですから、どうぞお上がりください。真十郎殿、お願いします」

重子に従った真十郎は、貞光に肩を貸して客間に連れて行き、うつ伏せにさせた。

先ほどより楽な姿勢になって一息ついた貞光に、真十郎は告げる。

「こちらの重子殿は、宮中に仕えた御家《おいえ》の出です。よろしければ、こうなった経《いき》緯《さつ》を話してみませぬか、何か力になれることがあるかもしれませぬ」

そこへ目ざとく玉緒が来た。

「お公家さん、安心してくださいな。真十郎の旦那はこう見えて、立派なお武家のお生まれですから」

目を白黒させる貞光だったが、微笑んだ。

「江戸の方たちは、人情に厚いですね。ほんとうに……」

声を詰まらせた貞光は、重子を見て打ち明けた。

「江戸にくだったのは、わたしを生んでくれた母を探すためなのです」

真十郎と玉緒は顔を見合わせ、重子と三人並んで、貞光の話に耳をかたむけた。

貞光の母親は京の商家の娘で、九条家に行儀見習いで奉公していたのだが、当主貞春《さだはる》の目に留まり、相思相愛の証として、貞光が生まれたという。

しかし、親子三人は順風満帆とはいかなかった。

貞光は生まれて間もなく、貞春の正妻に取り上げられ、母親は身一つで九条家から追い出されていたのだ。

そのことを、息を引き取る前に父親から告げられて衝撃を受けた貞光は、この世にたった一人の生みの親に会いたくて、探しはじめたという。

洟《はな》をすする音に気を取られた真十郎が横を向くと、

「可哀《かわい》そう」

と言った玉緒は睫毛《まつげ》を濡らして、鼻に懐紙を当てていた。

重子も手拭いで目尻を拭っている。

前を向いた真十郎は、寂しそうな顔をしている貞光がふたたび口を開くのを待った。

これまでのことを思い返しているのか、貞光は唇を噛んでいたが、

「お母上の名は、なんておっしゃるの」

玉緒に問われて、ひとつ息を吐いて答えた。

「糸《いと》と申します」

「どうして江戸におられるとわかったのですか」

訊いた真十郎に目を向けた貞光は、話を続けた。

「九条家を出された母は実家に帰ったのですが、父親が哀れみ、京にいては辛かろうと言って、江戸に嫁がせていたのです。嫁ぎ先を知ったわたしは、母に会いたい一心で江戸に来たのですが、母は夫とうまくいかなかったらしく、一年もしないうちに離縁しておりました」

玉緒が気の毒そうに訊く。

「そのあとどうなったか、わからないのですか」

「母は京に帰らず江戸の商家に奉公していたようで、菊屋《きくや》という口入屋が世話をしていたとわかったものですから、訪ねて昔の名簿を見せていただき、一軒ずつ

当たっていました」

「あの紙に記されていた店が、そうなのですか」

「見たのですか」

驚く貞光に、落ちたのをたまたま目にしたのだと真十郎が言うと、うなずいた貞光は、暗い面持ちで答える。

「町を転々としている母親を探して深川に渡っていたのですが、いきなり刺されました」

「先ほどの紙を見せてください」

応じた貞光から受け取った真十郎は、玉緒に紙を渡した。

「貞光殿が訪ねて線を入れている五軒のうちの誰かが狙ったのではないかと睨んでいる。店を調べてくれ」

「あい」

二つ返事で引き受けた玉緒は、貞光に言う。

「ゆっくり傷の養生をしていてくださいね」

「よろしいのですか」

「いいんだ。この者は顔が広いゆえ、すぐ調べてくれる」

真十郎が言うと、貞光は玉緒に頭を下げた。

「手間賃はお支払いしますから、よしなに頼みます」

「はいはい」

軽く返事をした玉緒は、忙しそうに出ていった。

真十郎は貞光にひと眠りするよう促し、重子を居間に連れて行くと、玉緒が煎じた目の薬を飲ませた。

三

朝帰りをした也助は、こっそり開けた戸の前に真十郎がいたので、

「わあ！」

大声をあげて尻餅をついた。

「驚かせてすまん」

「なんだ、旦那ですか。ああびっくりした。朝早くから何をしてらっしゃるので？」

「三和土が血で汚れたので、削っておるのだ」

「血ぃ！」

仰天した也助は、ごくりと空唾を飲んだ。

「旦那、誰をお断りになったので？　さては盗っ人でも来ましたか」

「慌てるな」

昨日の話をしてやると、うちで死人が出たのではなかったと安堵した也助は、真十郎を手伝った。

血が染み込んでしまった部分を取り除いた場所に、砂と石灰とにがりを混ぜた土を入れてたたき固めながら、真十郎は也助の顔を見た。

「随分疲れているようだが、仕事がうまくいかなかったのか」

すると也助は、ため息をついた。

「旦那様に、仕入れの数と売れた数が合わないと言われて、居残りですよ」

蠟燭《ろうそく》問屋に行商として雇ってもらっている也助は、売れた割合で給金をもらっているのだが、重子の世話で商売を減らしていた。

真十郎が来たことで、これから大いに稼ぐと張り切っていた矢先に、問題が起きたようだ。

「それで解決したのか」

「どっと疲れが出る話ですがね、旦那様の勘違いだと、さっきわかったんです。

人を盗っ人呼ばわりまでしておいて、花蠟燭を詰めた箱をお嬢さんが人に贈ったのを、すっかり忘れていたって言うんですからね、ほんと、いやになりますよ」

「これまでこってりしぼられていたのか」

「見つかるまでは家に帰さないって、剣幕でしたからね。でも、詫びの印にこれをいただきましたから、儲けました」

懐から銭の包みを出して見せた也助は、嬉しそうに笑った。

三和土の修繕を終えた也助は、手の汚れを払いながら言う。

「これから朝餉を作りますが、一緒にどうです」

「いいのか」

「さっきから、腹の虫が騒いでいますからね」

笑われた真十郎は、空っぽの腹を押さえた。

「ではお言葉に甘えます」

手伝うと言って台所に行くと、重子が飯を炊いていた。

「真十郎殿、一晩中の看病で疲れているというのに、三和土まで奇麗にしてくれて、ありがとう」

霞む目で支度をする重子にそう言われて、真十郎は首を横に振る。

重子は微笑んだあとで、心配そうな顔をした。

「貞光殿の熱は下がりましたか」

「ええ下がりました。國晶先生の傷薬は優れ物ですね。痛みも少ないようです」

「わたしも今は薬のおかげで、目の調子がよいのですよ」

「それは何より」

真十郎が喜ぶ横で、也助が驚いた。

「おっかさん、今日は先生のところへ行こうと思っていたのに、あの高い薬をどうやって買ったのです」

「貞光殿が、迷惑料として払ってくださったのですよ」

「ははぁ、さすがは由緒あるお公家様だ。義理深いところがいい」

深川で生まれ育った也助は、貞光を気に入ったようだ。

重子がこしらえた朝餉を自分が持って行くと言い、貞光が眠っている裏向きの六畳間に入った。

真十郎が重子を手伝って朝餉の膳を調えていると、戻ってきた也助が、嬉しそうに言う。

「真十郎の旦那、好《い》いお人をうちに招いてくださいましたね」

「向こうから来ていたのだがな」

「旦那がいなきゃ、この縁はなかったわけですから」

「すっかり気に入ったようだな」

「なんといいますか、由緒ある御家の若君だというのに、気さくに話してくださるのがいいですね」

重子は笑みを浮かべて聞いていたが、ふと表情を曇らせた。

「そんな人を、いったい誰が襲ったのでしょうねぇ」

也助が母に続く。

「母親に孝行したくて江戸まで来た人を襲うなんて、まったく罰当たりな奴がいたもんだ。旦那、ぱぱっとやっつけてくださいよ」

「今玉緒が調べているところだ。あいつのことだから、今日にでも来るだろう」

「わたしにできることがあればなんでもしますから、言ってください」

「今のうちに休んでおけ。一睡もしていないのだろう」

「そういう旦那こそ」

「わたしは大丈夫だ」

真十郎は、食事を終えた也助を休ませ、重子を手伝って片づけをした。

案の定、昼を過ぎてから玉緒がやって来た。

「旦那、いますか」

表の戸を開けて声をかける玉緒を招き入れた真十郎は、話を聞くために貞光のところへ連れていった。

うつ伏せのまま顔を向ける貞光に、玉緒は明るい口調で切り出した。

「貞光様が訪ねられた五軒の商家を当たってみましたところ、一軒だけ、わたしのここに、ぴんとくるものがありました」

こめかみに人差し指を当てた玉緒は、得意顔で名を出した。

「怪しいのは、油問屋の京西屋《きょうさい》ですね」

貞光は困惑の色を浮かべた。

「訪ねましたが、母が働いていたというのは口入屋の間違いで、誰も知りませんでした」

玉緒が問う。

「京西屋のあるじは半年前に病で亡くなられて、今は女将《おかみ》が店を守っていますが、女将には会われましたか」

「いえ、わたしが訪ねた時はちょうど留守で、話を聞けたのは利左エ門《りざえもん》という番頭です」

「やっぱりね。そんなことだろうと思いましたよ」

「どういうことだ」

問う真十郎に、玉緒が告げる。

「番頭の利左エ門さんは、女将から店を譲り受けることが決まっているんです」

真十郎は、玉緒が言わんとしていることを口に出す。

「女将が、貞光殿の母親なのか」

玉緒が答える前に、貞光が否定した。

「番頭の利左エ門に母の名を告げて訊きましたが、先ほども申しましたように、糸という女はうちにはいないと言われたのですが」

真十郎が玉緒に問う。

「女将の名は」

「幸代《さちよ》さんですよ」

「おい、名が違うではないか」

突っ込む真十郎に、玉緒はつんと顎を上げる。

「旦那、わたしを誰だと思ってるんです。そんなことを言いに来やしませんよ。幸代は今の名で、京西屋に雇われた当時は、糸を名乗っていたんですから」

「何、糸だと。では名を変えたのか」

玉緒はうなずいた。

「京西屋には、奉公人の女の呼び名は本名ではなく、あるじが決めた名を使う決めごとがあるんですよ。長い年月が過ぎて、糸という名は忘れられていたんですけどね、隠居した元番頭の徳兵衛《とくべえ》さんは、ちゃんと覚えていたんです」

真十郎は、玉緒に微笑む。

「なるほど、玉緒は店に行かず外から攻めたのだな」

「徳兵衛さんとは、奉公人を紹介する縁で今も懇意にしていたものですから、店に行くまでもなく聞いたほうが早いと思ったんです」

黙って聞いている貞光が、不安そうな顔で玉緒を見ている。

目を合わせた玉緒は、真顔で答える。

「お察しのとおりです。まだお母上とわかったわけではございませんが、糸さんは幸代の名で奉公して三年目に、独り身だった店主に望まれて、後妻になったそうなんですよ」

真十郎は、黙ってうつむく貞光を横目に、玉緒に問う。

「利左エ門は、女将の本名を知らないのか」

「徳兵衛さんが言うには、利左エ門さんが奉公に入った時はもう、糸さんは後妻になっていたそうですから、知らないかもしれないですね」

「しかし利左エ門の他には、貞光殿を襲う者が考えられないのであろう」

「そこはちゃんと調べていますもの。他の店は、確かに糸という名の奉公人の名簿がありましたが、歳が若かったり、腰が曲がった老婆ですから、違うと思うんです」

真十郎は腕組みをして考えた。そして、玉緒に確認する。

「徳兵衛は、糸さんが京の生まれだと知っていたのか」

「いいえ、本名だけです」

「では仮に、亡くなったあるじがすべて知っていたとして、店を継がせようとまで考えている利左エ門に女将の身の上話をしていたらどうだ」

玉緒は答える前に、貞光に訊いた。

「利左エ門に、御身分を明かされたのですか」

「いいえ、糸はいないと言われましたから、母を探して京から来た者だとしか申しておりませぬ」

「そうですか。だとすると旦那、わたしが利左エ門の立場だったら……」

「店を取られると思い殺すか」

先に口に出す真十郎に、玉緒は不機嫌に腕をたたいた。

「そんな馬鹿な真似はしませんよ。一文の得にもなりゃしない」

「ではどうする」

「面倒ですから、暖簾分けをしてもらいます」

「だが、利左エ門は違っていた。店に執着し、女将が実の息子の貞光殿に店を譲るのではないかと恐れて、先手を打ったのではないか」

「そうだとしたら、浅はかで愚かな奴ですよ。でもあの小心者なら、やりかねませんね」

利左エ門を知る玉緒は、真十郎の当て推量もまんざら外れていないのではないかと言った。

「よし、これから利左エ門を問い詰めに行こう」

そう言って立とうとした真十郎を、貞光が止めた。

「このままにしておいてください」

「刺されたのだぞ」

「いいのです」

「しかし、母親に会いたいのであろう」

「本当に母が京西屋の女将をしているなら、わたしが会いに行くことで迷惑になるかもしれませんから」

隣の部屋で聞いていた重子が、貞光のそばに来た。

「引き離された息子が会いに来てくれるのを、迷惑だと思う母親はいないはずです」

重子の涙声に触れた貞光は、堪《こら》えていた感情が溢《あふ》れ出し、辛そうに目を閉じた。

「母とは、そういうものなのであろう。このまま京に帰れば後悔するぞ」

真十郎がそう言うと、貞光は赤くした目を向けて頭を下げた。

「では、わたしもまいります」

「いや、まずは本当の母御か確かめてくる。会いに行くのは、それからでもいいだろう」

真十郎は重子と也助に貞光を託して、玉緒と二人で出かけた。

四

夕暮れ時、海風に震える玉緒に襟巻をかけてやりながら通りを歩いた真十郎は、京西屋の暖簾を分けて戸口から入った。

ほっこりと暖かい店の中では、四十代の女が客の相手をしていた。こちらに気付いたところで玉緒が会釈をすると、女は麗しき笑みを浮かべる。

「いらっしゃいませ。どうぞご覧になってください」

そう声をかけられた玉緒が遠慮なく奥へ進む。

「わたくし、芦屋の玉緒と申します。失礼ですが、女将さんですか」

「はいそうです。芦屋の玉緒さんは存じ上げてございますよ。ようこそおいでくださいました」

玉緒は下手に構えて答える。

「不躾《ぶしつけ》ながら、今日は大事な話があってお邪魔しました」

「なんでしょうか」

「ここではちょっと」

玉緒の意味ありげな言い方にも笑顔で応じた女将は、客に断わりを入れて手代と代わり、玉緒を売り場に接した座敷に上がるよう促した。

玉緒と並んで正座する真十郎に、女将は不安の色を浮かべつつ、向き合って座った。

玉緒が真十郎を紹介した。

「こちらの旦那が、確かめたいことがあるそうなのです」

神妙な面持ちで向き合う女将に、真十郎は目を合わせて切り出した。

「女将には、忘れられない者がおられますか」

「え、なんです、いきなり」

躊躇《ためら》う女将に、真十郎は続ける。

「無礼を承知で問うている。答えてもらいたい」

すると女将は、即答した。

「亡き夫でしょうか」

「他にもいるのではないか」

目を離さぬ真十郎に、女将は不快そうな顔をして逆に問う。

「それを聞いて、どうしようというのです」

「旦那、回りくどいのはおよしなさいよ」

せっかちな玉緒にそう言われた真十郎は、叱られた犬のような目を向けてすまぬと詫びて、改めて女将と向き合った。

「京の九条家に、想いはないか」

すると女将は、真十郎から顔をそらした。

涙をこらえる表情と仕草。それだけで、やはり親子なのだと察した真十郎は問う。

「かつて九条家におられた糸殿とお見受けいたすが、間違いないですか」

女将は目を合わさないが、うなずいた。

「やはりそうだったか」

「昔のことを、どうして掘り返すのです」

恐れを表す力のない声に、真十郎は答える。

「九条貞春殿の一人息子が、あなたに会いたい一心で、江戸に来ておられますぞ」

糸は瞠目した。

「まさか……」

「そのまさかだ。今の名は、貞光殿だ」

糸は己の両手を見つめた。

「わたしの手から離れたのは、生まれて三月ほどです。それに正妻が、我が子として育てるとおっしゃったのですから、わたしのことを知っているはずはありません」

「父親が亡くなる前に、糸殿の存在を打ち明けられたのだ」

糸は両手で顔を覆い、むせび泣いた。

真十郎は、糸が落ち着くのを待って告げた。

「今も母を想い続け、ここに来ると言われたのだが、何者かに刃物で刺されて怪我をしており、ある家で待たれている。会っていただけるか」

「刺された……」

愕然とした糸が返事をしようとしたのを手で制した真十郎は、立ち上がって奥の襖を開けた。

盗み聞きをしていたのは、色白で気の弱そうな男だ。年は三十前だろうか。

頭を下げて去ろうとする男の前に回った真十郎が、目を見据える。

「利左エ門だな」

「はい。女将さんに話があっただけで、立ち聞きをするつもりではないのです」

「では何ゆえ逃げようとする」

「逃げるつもりなどございませぬ」

「そうか。ならばその右手の怪我はどこで作ったのだ」

「これは……」

答えを考えるべく目を泳がせる利左エ門の腕をつかみ上げた真十郎は、有無を言わさず晒《さらし》を解いた。すると、新しい切り傷があった。

真十郎は厳しい目を向ける。

「貞光殿を刺した時に怪我をしたのであろう。切れ味が悪い刃物で人を刺すと、手が滑ってこのような怪我をするのだ」

答えない利左エ門に、玉緒が言う。

「真十郎の旦那は、公方《くぼう》様も一目置かれるお人だから、嘘は通用しませんよ」

「公方様が……」

顔から血の気が引いた利左エ門は、糸の前に行って畳に突っ伏し、額を擦り付けた。

「女将さん、わたしがやりました」

泣いて詫びる利左エ門に、糸は辛そうな顔をした。

「顔を上げて、理由をおっしゃい」

冷静な声に応じて利左エ門は身を起こすと、目を合わせずに白状した。

「どうしても、店を継ぎたかったのです」

「馬鹿なまねを！」

声を張りあげて頬をたたいた糸は、利左エ門を抱き寄せた。

「自分の子と思ってここまで育てたお前の他に、店を譲るわけはないでしょう」

「取り返しのつかないことをしてしまいました」

後悔して意気消沈する利左エ門の頬を手拭いで拭いてやった糸は、洟をすすり、離れて頭を下げた。

「いつ店を継がせるとはっきり言わなかったわたしも、悪かったね。ごめんなさい。お前がしたことはわたしも同罪だから、番屋に行って、二人で罪を償いましょう」

「女将さんは何も悪くありません。わたし一人で行きます」

立ち上がった利左エ門を、真十郎が止めた。

「番屋に行く前に、本人に詫びろ」

「おっしゃるとおりにいたします」

従う利左エ門にうなずいた真十郎は、糸に言う。

「共にまいろう」

「はい」

糸は店を手代にまかせて、利左エ門を連れて出た。

真十郎と玉緒が家に案内すると、貞光の部屋で待っていた重子と也助は、何も言わず糸と利左エ門を迎え入れた。

糸は、身を起こした貞光に歩み寄り、手を握った。

「こうして会えるなんて、夢のようです」

「母上……、ほんとうに、母上なのですね」

会えたのが信じられない様子の貞光から離れた糸は、一日も想わなかった日はないと言って泣き崩れた。

貞光は、そんな糸に手を差し伸べて顔を上げさせると、濡れている頬に懐紙を差し伸べて拭きながら、嬉しそうに言う。

「父上がおっしゃったとおり、右の目尻に泣きぼくろがありますね」

糸は驚いた。

「覚えていてくださったのですか」

貞光はうなずいた。

「いつか母上に会うことができたら頼むと、言伝《ことづて》を賜ってございます」

「お父上はなんとおっしゃったのです」

貞光は父に代わって糸の手をにぎり、目を見つめた。

「どうかわたしを許してほしい。来世では、必ず添い遂げたい」

糸は、もう会えぬ想い人を偲《しの》んで大粒の涙をこぼした。

「今のお言葉で、心が晴れた気がします」

貞光は手を離さない。

「母上、わたしと共に京へお帰りください。育ての母も他界し、当主のわたしがすることを邪魔する者はおりませぬから、親孝行をさせてください」

だが糸は、手を離した。

「世間様の目がありますから。こうして、生きているあいだに会えただけで、十分幸せです」

「誰にも母を悪く言わせませぬ。どうかお願いです。わたしと京にお帰りください」

「立派になって……」

糸《いと》は愛おしそうに言い、神妙な顔をした。

「そなたに怪我をさせてしまったのは、わたしのせいでもあるのですから、孝行をされる身ではありませぬ」

涙を流す糸の横に来た利左エ門が、伏して詫びた。

「女将さんは何も悪くありません。刺したのはこのわたしです。殺す気は毛頭ございませんでした。ただ脅すつもりだったのですが、罪は罪です。これから御上の罰を受けますから、どうか、お怒りをお鎮めください。このとおり」

憤怒しておらず返答に困った様子の貞光を見て、真十郎が耳元でささやいた。

貞光はうなずき、平伏している利左エ門に向く。

「母が息子と思うなら、そなたとは兄弟も同然だ。水に流そう」

はっとした顔を上げる利左エ門に、貞光は微笑んだ。

「お許しくださるのですか」

「母がわたしと帰ってくださるなら」

貞光が糸を見てそう言った。

「母を脅すのですか」

「はい」

笑みを浮かべる貞光に、糸も微笑む。

「そう言われては、帰るしかありませんね」

貞光は母の手を取り、込み上げる感情を面に出し、顔をくしゃくしゃにした。

黙って見守っていた重子が、也助に何やら耳打ちした。

也助が表情を明るくして、ぱん、と手を打ち鳴らした。

「話がまとまったところで、おっかさんの提案ですがね、貞光様はそのお傷では、長旅ができませんでしょう。よろしければ治るまで、ここで養生をしてください。店も近いですから、女将さんはいつでも好きな時に会いにいらしてください」

すると利左エ門が懇願した。

「貞光様、是非とも京西屋においでください。精一杯、面倒を見させていただきますから」

「せっかくだが、居心地が良いからここに居させてもらおう。それまで、母上をお頼み申します」

低姿勢な貞光に、利左エ門は恐縮しきりだ。

糸が看病に通うことで話がまとまり、貞光は一日も早く京に帰るべく、養生に専念した。

真十郎は、日によって調子が悪くなる重子を助けながら、貞光と糸が親子話をするのを遠くから見て、微笑ましく思うのだった。

そんな真十郎に、重子が声をかけた。

「真十郎殿のお母上は、どうなさっているの」

「弟と、達者で暮らしております」

「そうですか。時々顔を見せに行っているのですか」

「わたしはこのとおりの楽天者ですから、足が遠のいています」

「それはいけません。お母上はきっと心配してらっしゃるから、元気な顔を見せてあげないと」

「そうですね」

真十郎は話を合わせておき、水仕事に戻った。

一月後、しっかりと歩けるようになった貞光が、京に帰る日が近づいた。

とある朝、貞光は重子と也助の前に座り、居住まいを正して告げた。

「世話になった礼に、お二人を京に招待したい。と申しますのも、京には、目の病を治すことで名の知れた医者がいるのです。重子殿、医者に診てもらいませぬか」

　重子は躊躇うが、也助が両手をついた。

「是非ともお願いします」

「お待ちなさい也助、國晶先生に相談せず勝手に決められませんよ」

「わしを呼んだかな」

　裏庭に勝手に入った國晶が、廊下に座っていた真十郎に会釈をして上がってきた。

「今、京の名医と聞こえたが、空耳かな」

「目の病に通じる医者がおるそうで、貞光殿がすすめているのです」

　真十郎が伝えると、國晶はうなずいた。

「よいではないか。重子殿、故郷の水を飲んでみてはどうかな」

　重子は、明るい顔をした。

「先生がそうおっしゃるなら、行ってみようかしら」

「では、わたしの館に逗留《とうりゅう》してください」

　貞光がそう言うと、重子は真十郎に申しわけなさそうな顔をする。

「しばらく留守にしてしまいますが」

真十郎は笑った。

「どうぞお気になさらず。仕事は他にもありますから」

「そう、よかった」

安堵する重子は、也助と支度をするというので、真十郎も手伝った。

それから三日後に、重子と也助は京に旅立った。


すっかり暇になった真十郎は、近所の商家の子守をして日銭を稼いでいた。

六つと五つの姉妹は少しおてんばだが、姉は字に興味があり、字を教えてくれとせがまれた真十郎は、筆の使い方から習わせていた。

いっぽう妹は、真十郎から離れようとせず、ずっとしゃべり続けている。

近所のお気に入りだった猫が子猫を産んだばかりらしく、その話を聞かせるのだ。

姉に書を教えながら、妹の話にも耳をかたむけていると、

「旦那、もてもてですこと」

誰がちゃちゃを入れるのかと振り向くと、にやけた玉緒がいた。

「なんだお前か。話の邪魔をするな」

五つの娘に耳を貸す。

「子猫のこみちがなんと言ったのだ?」

「だぁかぁら、おならをしたの」

小さな歯を見せて笑う娘につられて、真十郎は腹を抱えて笑った。

姉も笑って字がぐにゃぐにゃになり、妹はそれを見て笑いが止まらなくなった。

すっかり町の暮らしに馴染んでいる真十郎を見て、玉緒は目を細めていたが、声を張った。

「旦那、重子さんのその後を知りたければ、今夜うちに来てくださいな」

振り向いた真十郎に玉緒は背を向けて、小走りで帰っていった。

子守の仕事を終えた夕方、真十郎はその足で芦屋に向かった。

早じまいをして待っていた玉緒が奥の座敷に誘い、まずは一杯どうぞ、と言って杯を差し出す。

真十郎が飲み干すのを待って、玉緒が嬉しそうに告げる。

「重子さんから手紙が来たんです」

真十郎は杯を置いて、玉緒の顔を見て問う。

「医者に診てもらったのか」

「ええ、ついでに國晶先生の薬も見てもらったところ、どうやら良薬だったそうで、改めて診てもらうまでもなく、今は難なく好きな戯作を読んで暮らしているそうですよ」

「京を懐かしんでいたから、あるいは故郷の水が、良い薬になったのかもしれぬぞ」

「もうひとつ、これは旦那にとっては悪い話です」

「なんだ」

「也助さんが貞光様に召し抱えられて、親子はこれからずっと、京で暮らすことになったそうですから、仕事がなくなってしまいますね」

「そうか、也助殿が九条家にな」

人の幸せを喜ぶ真十郎に、玉緒が身を寄せた。

「旦那は、福の神じゃないかしら」

「おい、もう酔っているのか」

「そんな気がしてきたから、今夜は泊まってくださいな」

玉緒はとろんとした目を近づけてそう言うと、真十郎を押し倒した。

第三章　覗き絵師

一

深川佐賀町の鶴亀屋敷は、家の外で騒ぐ子供もおらず、吠《ほ》える犬もいない。そのため真十郎は、うららかな陽気に誘われて昼寝をむさぼっていた。

大垣家の嫡男として生きていた頃は、こうして昼寝をすることなど一度もなく、日々、厳格な暮らしをしていた。

修行の旅をしている時は、わき目もふらず腕を磨くことと、見聞を広めるために生きており、常に気を張っていたせいで、横になって寝ることはなかった。

それが今では、勝手に入ってきた茶虎の野良猫と並んで、仰向けでだらしのない寝顔をしている。

「あの若が……」

台所の格子窓から部屋の中を覗いてぼやいたのは、守役だった菅沼金兵衛だ。一緒に様子を見に来た玉緒の父権吉が、金兵衛の横で背伸びをして覗きながら、嬉しそうに笑った。

そんな権吉に、金兵衛がいぶかしげな顔を向ける。

「おい、何を喜ぶ」

「若様はこれまで、娑婆《しゃば》っ気ってものがまったくない崇高な雰囲気をお持ちでしたが、見てくださいよ、ひっくり返って寝る猫とおんなじで、生きることを楽しんでらっしゃる。娘が言っていましたが……」

権吉は真十郎に聞こえないように、金兵衛の耳元でささやいた。

玉緒の本音を知った金兵衛は瞠目し、すぐに思いなおした様子で、

「かあぁ」

さも情けなさそうに、顔を歪めた。

「おいたわしや……」

真十郎の未来を案じてしゃがみ込みそうになった金兵衛だったが、権吉に強く腕を引かれ、物陰に連れて行かれた。

「なんだというのだ」

「しいっ、娘が来ました」

そう言われて金兵衛が路地を覗き見ると、黒地に竹の葉を白抜きにした模様の小袖に縦縞《たてじま》の青い帯を締めた玉緒が、しねしねとした足取りで歩いて来て、真十郎の部屋の前で止まると、おとないもせず腰高障子を開けて入り、静かに戸を閉めた。

権吉から玉緒の本音を聞かされたばかりの金兵衛は、ごくりと喉を鳴らし、確かめるためにふたたび格子窓から覗いた。

すると玉緒は、猫と寝ている真十郎のそばにそっと上がり、微笑んでいる。そして、目隠しの屏風《びょうぶ》をずらすと、着物の裾を上げる仕草をして、屏風の陰に身を沈めた。

「昼間っから……」

声に出そうとする金兵衛の口を塞いだ権吉が、

「邪魔をしてはいけません」

小声で言い、無理やり引っ張って立ち去ってゆく。

離れたところで振り向いた権吉は、娘の幸せを想い、嬉しそうに微笑むのだった。

その頃、足を滑らせて堀川に落ちた夢を見ていた真十郎は、息苦しくて目をさましたのだが、まだ息ができずもがいた。

ぼやけていた視界がはっきりすると、目の前にじっと見つめる眼《まなこ》がある。鼻をつままれていることにようやく気付いた真十郎は、いたずらをして笑う玉緒を抱き伏せ、馬乗りになった。

猫は迷惑そうな顔をして離れると、障子を開けている裏へあくびをしながら出てゆく。

首に手を回した玉緒がふたたび体位を入れ替えて上になり、顔を近づけた。真十郎の唇を指でなぞりながら、話を聞くような面持ちをしていたが、声に出す。

「昨日から何も食べていないの。そう、それは可哀そうな唇さんね。あるじを間違えてしまったのね」

真十郎が玉緒をどかせようとすると、手首をつかんで押さえつけられた。

「旦那、昨日はずっと待っていたのに、どうして来なかったんですよ」

「お前が呼ぶ時は、どうせろくなことがないからだ」

「あら酷い言いぐさだこと。いつだって暇な旦那に、せっかくいい仕事を回してあげようとしたのに」

「よく言うぜ、半月前のことを忘れたとは言わせぬぞ」

するとと玉緒は、ばつが悪そうな顔をしたが、一瞬のうちに笑みでごまかした。

「あれは、申しわけなかったと思ってますよ」

三食付きで一日二分の手当ての留守番仕事のはずだったが、蓋を開けてみればとんでもない雇い主で、飯は食わせぬし、三日後に遊山から帰るはずだった商家のあるじ家族は戻らなかった。代わりに来たのが借財取りで、商家の一家は、下男下女を置いたまま逃げていたのだ。

「旦那もやられましたぜ」

金貸しからそう言われて、真十郎は、逃げたことが発覚するのを遅らせるために利用されたのだとわかったのだ。

「おかげで一文無しだ」

真十郎がぼやくと、

「あれは、言ってみればわたしも騙されたんですから。だってそうでしょ、旦那というお身柄を、ただで三日も取られていたんですから」

労《いた》わる気持ちなのか、それとも商品として見ているのか、玉緒は真十郎の身体を愛おしげな顔で触りながらそう言った。

着物の胸元に色白の手を滑り込ませてきた玉緒は、色気のある表情を近づけて、吐息まじりに続ける。

「ですから昨日は、その穴埋めをしようと思っていたんです」

色気に負けて抱きすくめようとした真十郎だったが、腕をするりと抜けて離れた玉緒が、胸元から紙の包みを出して見せ、微笑んで告げる。

「このたびはほら、前金をいただいていますから。それに、雇い主は旦那も知っている人です」

いい仕事ですよ、と言われて、真十郎は身を起こして問う。

「客は誰で、仕事内容はなんだ」

「井戸の向こうのお部屋に暮らしてらっしゃる万五郎《まんごろう》さんの用心棒ですよ」

いつもぼうっとした表情をして背中を丸めて歩く姿が目に浮かんだ真十郎は、眉をひそめて問う。

「あの暇そうな万五郎が、何ゆえ用心棒を必要とする。そもそも何をしている男なのだ」

玉緒は顎をつんと上げて、得意げに告げる。

「万五郎さんは、一風変わった仕事をしてらっしゃるんですよ。一言で言えばそうね、覗き絵師かしら」

頓狂《とんきょう》な答えだと思った真十郎は右の眉を上げた。

玉緒はどう説明しようか考える顔をしたが、自分なりにまとめたようだ。

「間男の証とするために、男女が逢《あ》い引《び》きしているところを覗いて、そっくりな絵を描くんですって」

「は？　なんだそりゃ」

「それだけじゃありませんよ。時には、悪事の相談をしている者たちを覗いて、その場の様子を絵にするそうです。しかも、悪事を調べる時は怪しい筋からの仕事じゃなくて、すべて南町奉行所からの依頼なんですって」

奉行所と聞いて、真十郎は身を乗り出した。

「もっと詳しく教えろ」

すると玉緒は、乗り気になった真十郎の手に前金をにぎらせ、身を寄せて語った。

「万五郎さんを使っているのは、吟味方与力の田所清蔵《たどころせいぞう》様だそうです。町方ですから、ご存じのとおり沢山の揉め事や事件を起こした者を相手にされますが、白を切る者たちにうんざりして、万五郎さんを使うことを思い付いたんですって」

「なかなかいい考えだが、万五郎とは縁があったのか」

「万五郎さんご本人から聞いた時には、笑ってしまいましたよ」

「というと」

「田所様が万五郎さんを使うようになったきっかけは、日本橋の夜道を歩いていた時に、万五郎さんが商家の裏木戸から出てきたところで鉢合わせになって、盗っ人と勘違いして捕らえたからだそうです」

「万五郎は、夜にそんなところで何をしていたのだ」

「田所様も懇意にされていた瀬戸物屋のあるじから、日本橋の絹問屋に嫁いだ娘が酷い目に遭《あ》っていないか見てくれって、頼まれていたんです」

「では田所氏《うじ》は、万五郎の生業を知って、使うことを思い付いたのか」

「ええ、娘さんの幸せそうな絵を描いているのを見せられた田所様は、絵師顔負けの人相書きを作る才を持っていると感心されて、奉行所のお役目として頼むようになったそうです」

　真十郎は、渡された包みを開いてみた。

「一両とは、また奮発したな」

「それだけ、危ない仕事だそうです。万五郎さんがこれまで受けた仕事の中では一番危ないから、田所様がわたしを頼れって、おっしゃったんですって」

「ふぅん」

「旦那、なんですそのどうでもいいって返事は。どうせ暇なんでしょう。わたしの顔を立てると思って、受けてくださいよう」

「まあ、知らないわけではない万五郎のためだ、受けてやろう」

「そうこなくっちゃ。今から呼んできますから、待っていてくださいね」

小判を包んで真十郎の胸元に入れた玉緒は、いそいそと出ていった。

待っていろと言っても目と鼻の先の部屋だ。

真十郎が昼寝あとの水を飲む間もなく、玉緒は万五郎を連れて来た。

湯呑み茶碗に水を汲んで飲み干した真十郎は、恐縮しきりの万五郎を笑顔で迎える。

「まあ上がってくれ」

「へい」

万五郎は嬉しそうににこにこしながら、板の間に正座した。

水を注《つ》いだ湯呑み茶碗を取らせた真十郎は、玉緒と並んで向き合い、さっそく切り出す。

「用心棒は引き受けるが、どのように危ない仕事なのか教えてくれ」

すると万五郎は笑みを消し、面長の顔に不安をにじませた。

「調べるよう仰せつかった相手は、香具師《やし》の元締めで、名を讃井《さぬい》玄水《げんすい》といいます」

「初めて聞く名だな。玉緒はどうだ」

「存じていますとも。元はどこぞの藩に仕えていた武士だそうですが、いい噂はありませんよ」

万五郎がうなずいて言う。

「まったく姐さんのおっしゃるとおりですが、その取り巻きが玄水よりも質《たち》が悪く、金になることなら平気で人を痛めつける連中で、特に、玄水の右腕である佐《さ》馬《ま》という男が、剣の達人で凶悪でございまして、人を殺した噂もあるのです」

真十郎はうなずく。

「なるほど、それで玉緒はおれのところへ来たというわけか」

微笑む玉緒が小憎らしいが、引き受けたからには面倒だとは言えぬのが真十郎だ。改めて万五郎と向き合う。

「田所氏は、おぬしにどのような悪事の証をつかませようとしているのだ」

「玄水は手下を使って、お英《ひで》という女に嫌がらせを繰り返して家から追い出し、土地を安く手に入れようとしているらしいのです」

「よくある話だ。証をつかんだところで、さして大きな罪にはならぬだろう」

するとと万五郎は、背中を丸めた。

「あっしもそう思うのですが、田所様は詳しく教えてくださいません。ただお前が見て感じたままを絵にすればいい、玄水が人と会う時はすべて絵にするように、と命じられているのです」

「何か匂うな」

顔を歪めて言う真十郎に驚いた様子の万五郎は、自分の着物を嗅いだ。

「すみません、さっきまでめざしを焼いていましたもので」

そうと聞いて、真十郎の腹の虫がぐうっと騒いだ。

はっ、と口を開けた万五郎が提案する。

「旦那、腹が減ってらっしゃるなら、浅草《あさくさ》に旨い天ぷらを食べさせる店がありますから、今からどうですか」

「玄水の縄張りへ誘うとは、おぬしもなかなか、したたか者よのう」

そう言ったのは真十郎ではなく、玉緒だ。悪い顔まで作っているのを見た万五郎が、手をひらひらとやる。

「そんなつもりは……」

「まあいい、行こう」

真十郎は無銘の刀をつかんで帯に落とし、万五郎を先に出した。

戸を閉めた玉緒が言う。

「旦那、わたしは仕事がありますから帰りますね」

「うむ」

「ではしっかりお願いします」

背中をたたいて気を入れた玉緒に見送られて、真十郎は浅草に足を運んだ。

二

「旦那、この季節は鯛の天ぷらですかね」

大川の川下から吹いてくる緩やかな風に当たりながら吾妻橋を渡っている時、万五郎が明るい声をかけてきた。

店は浅草寺《せんそうじ》の門前にあるという万五郎の案内に従って歩みを進めた真十郎は、

広小路を左に曲がり、店が軒を連ねる道幅が狭い通りに入った。

もうすぐですと言った万五郎が、ぴたりと足を止めたかと思うと、真十郎に振り向いて指差す。

「出ました。奴らが玄水の手下です」

化け物でも見たような言い方をする万五郎が示すのは、見るからに悪そうな四人組だ。

禿頭《とくとう》の大柄な男が中心になって、商家の前で売り物の下駄を品定めしていたが、

「ろくな品がねえ」

と怒気をぶつけて売り物を通りに放り投げ、笑いながら立ち去ってゆく。

店の者たちは文句も言えぬ様子で、悲しそうに品物を拾い集めると、売り物にならないと言ってがっくり肩を落とした。

「見ていてくださいよ」

万五郎は真十郎を促し、四人のあとを追う。

すると、四人を認めた商家のあるじが出てきて、ごくろうさまですと声をかけ、銭を差し出した。

受け取った四人組は、店先に並べられている土産物を手に取ると、

「いい品だな」

などと言い、乱れている品をきちんと整頓して、立ち去った。

「みかじめか」

真十郎がぼそりとこぼすと、万五郎はうなずく。

四人はその後も通りを跋扈《ばっこ》し、紺の暖簾を分けて飯屋に入った。

「うわぁぁ」

額に手をやって嘆息を漏らした万五郎に、真十郎が何ごとかと問うと、いやそうに顔を歪めて答える。

「まさにあの店が、旦那を案内しようとしていた天ぷら屋です」

「ほぉう」

真十郎が暖簾を分けて中をうかがうと、四人組は小上がりに案内されたところだった。

「おれたちも入ろうじゃないか」

「え！　でも旦那、顔を覚えられるのは困ります」

真十郎は聞かずに入り、店の女に空いている小上がりを示す。

「あそこはいいかい」

無地の紺の着物を着流している真十郎を浪人とみなしたのだろう、女は遠慮のない態度で、勝手にどうぞと言った。

女が気もそぞろなのは、四人組を気にしているからに違いなく、その証に、他の客が声をかけても耳に入らぬ様子で、小上がりのほうを見ている。

真十郎は、そんな女の後ろを通って、四人組とは反対の小上がりに落ち着いた。

他の女が茶を持って来た。

万五郎は迷うことなく、二つくれと言う。

「いつも来ているからわかっているのか」

女が去ったあとで真十郎が問うと、万五郎は笑った。

「ここの品は、天丼しかないんですよ」

「なるほど」

納得した真十郎は、それとなく四人組を見た。

客が多いため、こちらをまったく気にすることもない四人組は、談笑している。

程なく出された丼には、桜海老《さくらえび》と鯛と、春の山菜の天ぷらがこんもり載せられ、色の濃いつゆがたっぷりかけてある。

「旨そうだ」

空腹だった真十郎は、まずは鯛から口に入れた。しっかりと引き締まった身と、つゆが染み込んだころもが、幸せな気分にさせてくれる。

「旦那、泣ける旨さでしょう」

万五郎は仕事柄、人を見る目に優れているようだ。

食にありつけた喜びを嚙みしめていた真十郎は、感涙が溢れそうになっていただけに、気を取りなおして前を向く。

「旨いな。いくらでも食べられそうだ」

「ようございました。奴らがいなければ、もっと旨いですがね」

「あの者たちに会えたのは、まことに偶然なのか」

疑う真十郎に、万五郎はうなずく。

「明日からお願いするつもりで、今日は下見をして帰ろうと思っていたんです」

海老のかき揚げを頰張った万五郎は、四人組が酒を飲むのをそれとなく見ている。

真十郎はそんな万五郎に、お英のことを教えてくれと言った。

かいつまんで語ってくれたことには、お英は浅草広小路の一等地にある商家の娘で、親から受け継いだ土産物屋を番頭にまかせて近所の子供を預かり、働く母親を助けているという。

　これが土産物屋より繁盛しており、お英は人を雇って、たくさんの子供を預かっているのだと、万五郎は自分のことのように語ると、飯をかき込んだ。

　人気の味を堪能した真十郎と万五郎がくつろいでいた時、

「そんな、困ります」

　小上がりのほうから店の女の声がした。

　他の客たちと同じように顔を向けると、店の女は例の四人と揉めている。

　どうやら四人は、銭を払わぬ気らしい。

「描き留めなくていいのか」

　訊く真十郎に、万五郎は首を横に振り、そばに置いている帳面と筆を見もしない。

　四人組は、髪の毛が入っていただの、飯が臭いだのと言いがかりを並べて、とうとう代金を踏み倒して出ていった。

「これからが本気の仕事だ」

　一人がそう言ったのが耳に届いた真十郎が万五郎を見ると、もう立ち上がっていた万五郎は、二人分の代金を置いて外に出た。

真十郎が追って戸口に立つと、万五郎が振り向く。

「あいつら、お英さんの家に行く気ですよ」

「では何をするか見てやろう」

二人で距離を空けてあとを追うと、四人は一旦広小路に出て西に歩き、お英の土産物屋の横にある路地へと足を踏み入れた。

真十郎が続こうとすると、万五郎が腕をつかんで止めた。

「裏に回りましょう」

お英のことを知り尽くしている様子の万五郎は、今日はついていると言って、別の路地へ駆け込んだ。

万五郎と真十郎の目があることにまったく気付いていない四人組は、お英が子供たちと遊んでいる店の裏の広場に入った。

途端に、子供たちの悲鳴が路地に響くのを聞いて、万五郎が顔をしかめる。

「かわいそうに、妖怪絵巻に出てきそうな禿頭の大男が突然行けば、怖がるのは当然ですよ」

お英にとっては折悪く、母親たちが迎えにきて、子供たちが大泣きをしているのを見て、四人組から遠ざけた。

「こんな恐ろしいところには、もう預けられないわ」

わけも聞かず怒って帰る母親がいるいっぽうで、

「そうは言っても、他に預けるところがないから、お英さん負けないで」

と励ます親もいる。

励ました母親に対し、禿頭の大男が凄んだ顔をして歩み寄る。

「おう、いい度胸をしてやがるな」

母親たちは子供をかばってしゃがみ込み、お英が守って前に立った。

「もういい加減にしてください。何度言われても、店と土地は売りませんから」

すると大男は、片笑んだ。

「江戸は火事がいつ起きるかわからねえから、せいぜい気をつけることだ」

「我慢ならん」

見かねた真十郎は、助けに行こうとした。

「旦那、仕事の邪魔をしないでくださいよ」

そう言われて真十郎が振り向くと、万五郎は帳面に筆を走らせている。見たまま聞いたままを、懸命に絵にしているのだ。

仕事の邪魔になると言われては、真十郎は手を出せぬ。幼子を連れている母親やお英が脅されるのを歯がゆい思いで見ていると、四人組は程なくして、また来ると言って去っていった。

「ごめんなさい、ほんとうに」

お英は、母親と子供たちに深々と頭を下げた。

残っていた母親たちは、笑顔で応じる。

「いいのよ、あんな奴に負けないで」

「また明日、お願いしますね」

お英さんがいてくれないと困ると言った母親たちは、子供に頭を下げさせ、明るい笑みを残して帰っていった。

路地に出て頭を下げて見送ったお英が、残っている子供たちのところへ戻ろうとした時、

「お英さん」

声をかけてくる若い女がいた。

まだ三つくらいの娘を抱いた母親に、お英は歩み寄った。

「今日も、この子を一刻《いっとき》（約二時間）ほど預かってくれないかしら」

「いいですよ」

快諾するお英に、安堵した笑みを浮かべて頭を下げる母親に目をとめた万五郎が、

「おや」

と言い、帰るあとについて行く。

真十郎の声に応じない万五郎は、目に見えない糸に引かれるように、母親のあとを付いてゆく。

「おい、どうした」

広場で子供たちと遊ぶお英を横目に、真十郎は万五郎を追った。

路地を歩いていた母親が、ふと足を止めて振り向いた。

その前に万五郎は、ひょいと物陰に隠れており、母親と目が合った真十郎は焦ったが、すぐ目の前にある辻を右に曲がった。

そっと顔を出して見ると、女は路地裏に並ぶ町家の中で、特に広い敷地の裏木戸から入るところだった。

近くにきた万五郎に真十郎は声をかけたのだが、まったく相手にせぬ具合に、女の家に忍び込むではないか。

用心棒を受けているからには、放って帰るわけにもいかず、真十郎はこの場で

待つしかない。

することもないので、路地の地面に列を作っている蟻をしゃがんで見ていた。

下駄の足音がしたので見ると、浴衣を着た若い女が、いぶかしそうな顔をして小走りで通り過ぎてゆく。

「怪しい者ではないのだぞ」

そう声をかけると、女はますます足を速めて去った。

「今のは浅草の芸者か」

付きまといの客だと思われたに違いない。

苦笑いをした真十郎は、それからも何人かに怪しまれたが、声をかける者はおらず、まだ声をかけられたほうが暇つぶしになるとぼやきながら、待ち続けるのだった。

そうして一刻が過ぎた頃、万五郎はようやく出てきた。真十郎がいるのに驚いた顔をして駆け寄る。

「旦那、お先に帰ってくださってもよろしかったのですよ」

「おれは用心棒だぞ、許しなく帰れるものか」

嬉しそうな顔をした万五郎は、

「お詫びに一杯おごります」

そう言って、真十郎を居酒屋に案内した。

味噌田楽を肴に熱燗《あつかん》を一杯飲んだ真十郎に、万五郎が帳面を差し出した。

「先ほどのは、間男を調べてくれと頼まれていた女なんです」

人目をはばかって見せてくれたのは、女が間男と抱き合っている姿だった。

春画よりもなまめかしく、しかも顔がそっくりな絵を見て、真十郎は思わず笑いが出た。

「これではまさに、言い逃れはできぬな」

「これが、あっしの仕事ですよ。あの女房ときたら性悪で、この男が五人目で、抱いていた娘は誰の子かわからないって、この男に笑っていました」

絵に描いた男を指差して言う万五郎に、真十郎は笑みを消して真剣な目を向ける。

「この絵を依頼主に見せるのか」

「仕事ですから」

「頼んだのは夫か」

「いいえ、姑《しゅうとめ》です。黙って耐え忍んでいる息子を見かねて、暴いてくれと頼まれました」

　真十郎は想像して身震いした。

「あの女が笑ってられるのも、今日までということか」

「追い出されるでしょうね。そうなってからでは取り返しがつかないというのに」

「いや、むしろ三下《みくだ》り半《はん》を望んでおるかもな。喜んで離縁し、間男のところに行くのではないか」

「相手にも女房がいますからね、お互いに、ただの遊びですよ。近頃は多いですよ」

「ではやはり、身の破滅か」

「でしょうね。姑がおっしゃるには天涯孤独の身だそうですから、間男とも縁が薄いとなると、追い出されたら身を寄せる場もないでしょう。でも、仕事は仕事ですから、証の絵は届けます」

「用心しないと、恨まれるぞ」

　真十郎の心配を笑った万五郎は、右腕の袖をまくり上げて見せた。

　痛々しい傷痕に、真十郎は真顔で問う。

「襲われたのか」

「ええ、手代と間男をした証拠を突き付けられた商家のご新造《しんぞう》が、無一文で追い出されましてね。さんざん乳繰り合っていた手代にもそっぽを向かれ、挙句の果てに、恥をかかせたといって実家からも縁を切られてしまって、落ちぶれたんです」

「とんだ逆恨みだな」

「本気で殺すつもりだったようです」

笑って言う万五郎に、真十郎は笑えない。

「それでその女はどうなったのだ」

「えへへ」

「笑える話ではないと思うが、奉行所に突き出したのか」

「いいえ、あっしの女房になっておりやす」

などと言うものだから、真十郎は開いた口が塞がらない。

「嘘を申すな、独り暮らしではないか」

「ああ、鶴亀屋敷の長屋は仕事のために寝泊まりしているだけで、本宅があるんです。どうです、これから家で飲みなおしませんか。恐ろしい女房も紹介させてください」

深川のはずれにある本宅では、その女房殿が帰りを待っているという。

「いやとは言わせませんよ、雇い主ですからね」

「そう言われては、断れぬな」

店を出て、夕暮れ時の道を歩きながら、万五郎は女房の話をした。

「名はお辰《たつ》といいましてね、どうして夫婦《めおと》になったかといいますと、本気で殺しに来たお辰に、あっしは調べていたことを洗いざらい言ってやったんです。おめえさんが惚れていた手代と夫は、ぐるだってね」

「ぐるだと？」

「ええ、ぐるだったんです。お辰は信じないものですから、包丁を振りかざす手をつかんで、まことを見せに行きやした。女房を寝取ったとさんざん殴られて追い出されたはずの手代は、ちゃっかり店に戻っておりましてね、夫はというと、遊び女《め》のような若い女を入れていたんです」

「では、お辰を追い出すために、手代が間男を演じたのか」

「はい」

「そのような惨《むご》いことをせずとも、三下り半を突き付けて離縁してやればよいではないか」

「それでは夫が悪者になるから、都合がいいようにしたんでしょうね。お辰は長らく相手にされず、鬱憤《うっぷん》が溜まっていたところに言い寄られて、まんまと口車に乗ってしまったんですよ」

「なんとも……」

愚かな、とつい口から出そうになった真十郎は、万五郎に遠慮して飲み込んだ。

万五郎が歩きながら続ける。

「騙されたことを悔しがるお辰に、あんな男より、いい男は他にもいると言ってやったんです。そしたら、あっしに怪我をさせたことを反省して、奉行所に自訴すると言うもんですから、止めたんです」

「それが縁で、夫婦になったのか」

万五郎は笑った。

「行くところがないっていうもんで、二、三日泊めてやるつもりだったんですが、五年過ぎた今も泊まっているってわけです。着きやした、ここが本宅です」

そこは深川の町から少し東に離れた場所で、敷地も広い立派な一軒家だった。

遠慮なく入ってくれと言われて、真十郎は表の戸口から邪魔をした。新しい畳の匂いがして、掃除が行き届いた心地よい雰囲気が、どこか懐かしく感じた。

「お辰、今帰ったよ」

万五郎が声を発するなり、土間の奥から迎えに出たお辰が、真十郎に明るい顔で頭を下げた。

「こちらの旦那は、前に言っていた用心棒をな、今日から引き受けてくださったお人だ」

「まあそうでしたか。うちの人がお世話になります。さあどうぞ、お上がりになって」

真十郎が応じて上がり框に腰かけ、足の埃《ほこり》を落としていると、お辰は万五郎の足を濡れた手拭いで拭いてやりはじめた。

「寂しかったか」

万五郎が言えば、お辰はにっこりと笑う。

急な訪問にもかかわらず、真十郎の夕餉の膳を調えてくれたお辰は、

「あり合わせの物ですが、どうぞ召し上がってください」

優しい笑顔で言う。

万五郎のことをよく世話する良妻で、こちらが恥ずかしくなるほど仲がいい二人と過ごすうちに、真十郎は、

「所帯もいいものだな」

そうこぼして、目を細めるのだった。

三

一晩泊めてもらった真十郎は、朝から玄水に張り付くという万五郎と行動を共にした。

家は蔵前《くらまえ》にあるのだが、用心深い玄水は、手下に警固を厳しくさせているため、なかなか近づけない。

それでも万五郎は、家の表が見え、身を隠せる場所を見つけて潜み、玄水が出てくるのを待ち続けた。半刻も同じ場所にいては、町の住人から怪しまれるというので場所を変え、決して目を離さない。

その粘り強さは、真十郎が感心するほどで、昼を過ぎ、日が西にかたむきはじめてもあきらめない。

真十郎のほうが根負けして、

「もう明日にせぬか」

こう声をかけた時、表を見張っていた万五郎が身を隠した。

「玄水が出てきました」

言われて、真十郎が路地の角からそっと顔を出してみると、禿頭の大男や子分たちに守られた男が、窮屈そうにかがんで駕籠に乗り込んだ。

子分たちが守る玄水の駕籠は、真十郎たちが潜んでいるほうへ来はじめたので、身を隠してやり過ごし、あいだを空けてあとを追った。

玄水が行ったのは、鉄砲洲《てっぽうず》だった。

海沿いに並ぶ瀟洒《しょうしゃ》な建物の中の一軒に、駕籠から降りた玄水が手下を連れて入ってゆく。

「ずいぶん大きな屋敷だな」

他とくらべる真十郎に、万五郎は話を聞いて来ると告げて、近くの商家に走った。

己の身分をどう告げたのか、戻った万五郎は得意げに言う。

「聞いて驚きました。江戸の材木問屋を牛耳る大物、日高屋《ひだかや》幸四郎《こうしろう》の別宅ですよ」

江戸の者なら、知らぬと言えば逆に驚かれるほどの人物だ。

「黒い噂が絶えぬ野郎だな」

真十郎が言うと、万五郎が真顔でうなずく。

「玄水が小物に思えてきやした。ちょいと、探ってきます」

行こうとする万五郎の腕をつかんだ真十郎は、眉根を寄せる。

「何をする気だ」

「忍び込むんです」

「やめておけ、用心棒が多そうだぞ」

すると万五郎は、呼子を出して見せた。

「危なくなったらこいつを鳴らしますから、助けにきてください」

「おい、待て」

よほど見つからない自信があるらしく、万五郎は走り去ると、海側に回っていった。

夕焼けに染まる海を眺められる廊下を案内されている玄水は、町で見せる様子とはずいぶん態度を変えて、幸四郎の手下にへこへこと頭を下げ、開かれている大広間の下手に足を踏み入れた。

玄水が背中を丸めて平伏する先には、中央に幸四郎が座し、三人の手下が座している。

まるでその景色は、大名屋敷の書院の間に似ており、改易《かいえき》になった大名家に仕えていた玄水を萎縮させるのである。

まさに、主君に対するように畏《かしこ》まる玄水に対し、幸四郎は開口一番、

「いつまでかかるのか！」

激怒し、控えている用心棒がそれに呼応して立ち寄ると、刀を抜いて上段に構えた。

「返答次第では素《そ》っ首を刎《は》ねる」

低く通る主君幸四郎の声に、玄水は武士時代を思い出したのか、病的に過敏な反応を示し、過呼吸を起こした。

そうなるのを知ったうえで、幸四郎は演出したとみえる。

手下どもとほくそ笑み、顎で指図した。

応じた一人の手下が玄水に歩み寄り、背中をさすってやりながら、優しく声をかけた。

「深く息をして、落ち着いて答えなさい。お英の土地を手に入れるのに、あと何日かかるんだい」

用心棒が刀を鞘《さや》に納める音を聞いてようやく答えられるようになった玄水は、声を発した。

「十日……」

「五日でしてのけるそうです」

手下が声を張り上げ、玄水の肉付きがよい背中を軽くたたいて元の場所へ戻った。

幸四郎が真顔で声を張る。

「玄水よ」

「はい」

「こちらも都合があるのだよ。五日でやれ、できなければお前とは手を切るぞ。渡した前金の五百両もすべて返してもらうから肝に銘じておけ」

「そんな……」

「何か言ったか」

耳を向ける幸四郎に顔を上げた玄水は、恐れおののいた様子で声を大にした。

「殺すしか、手がありません」

すると幸四郎は、悪巧みに満ちた目つきになり告げる。

「佐馬を使うか」

「はい」

「初めからそうしておけばよかったのだ。ばれないようにうまくやれ」

「承知しました」

玄水は背中を丸めて平伏し、幸四郎の前から下がった。


外で待っていた真十郎は、玄水が先に出てきたのを見て不安になり、万五郎が向かった海側に急いだ。

岸辺には釣り糸を垂れている者がいたが、日が暮れる空を見て、帰り支度をはじめている。真十郎は、そのうちの若い町人の男に声をかけた。

「気が弱そうな顔をした男が、ここを通らなかったか」

「さあ、見ていませんね」

魚が釣れていないせいか、やや不機嫌そうに答えた男に邪魔をしたと言い、真十郎は幸四郎の別宅に目を向けた。

海側には見張りが立っておらず、人の侵入を遮る塀もない。

「あの屋敷になんの用だい」

先ほどの若者の声に振り向けば、目つきが鋭くなっていた。

ここで釣り糸を垂らしている十人が皆、目を向けてくる。

この者たちは人垣なのだと悟った真十郎は、万五郎の身を案じて、手下どもを痛めつけて行方を吐かせようと決め、刀の鯉口を切るべく鍔《つば》に指を当てた。

空に呼子の音が響いたのは、まさにその時だ。

方角は別宅ではなく、真十郎の背後からだった。

見張りの者どもは、何ごとかという様子になったが、指図があるまで持ち場を離れる気はないようだ。

真十郎は、助けを求める音がするほうへ急いだ。

表側に戻ってみると、そこにはなんの騒ぎもなく、幸四郎の別宅の表を守る者たちも他人事のように、音がするほうを見ている。

音の元は移動しており、真十郎は追いかけて八丁堀の方角へ走った。すると、稲荷橋《いなりばし》のこちら側に万五郎がいた。

まるで遊ぶ子供のように呼子を鳴らしていた万五郎は、真十郎が駆け寄ると吹くのをやめ、眉尻を下げて苦笑いをする。

「旦那、危ないところでしたね。釣りをしていたのは用心棒ですよ」

「見ていたのか」

「ええ。面倒なことになりそうだったから、こいつで呼び戻しました」

呼子を見せて白い歯を見せる万五郎に、真十郎は問う。

「首尾はどうなのだ」

「いいのが描けましたよ。急ぎますんで、詳しい話は田所様のところでご一緒に」

「よし行こう」

真十郎は万五郎に付いて、稲荷橋を渡った。

七軒町《しちけんちょう》にある屋敷を訪れると、田所は歓待して万五郎に言う。

「庭などにおらず遠慮なく上がれ。真十郎と申したな、ささ、これへ」

座敷を示された真十郎は、裏庭で草履を脱いだ。

恐縮して広縁で正座した万五郎が、さっそく帳面を開いてみせる。

「田所様がおっしゃったとおり、讃井玄水は雇われただけのようです」

「やはりそうであったか」

万五郎の絵は、幸四郎が玄水を脅す姿と、首を刎ねる構えをした用心棒の姿が描かれ、今にも動き出しそうなほど躍動感に満ちている。

「うむ、良い絵だ」

「ありがとうございます。では、仕上げを……」

引き取った万五郎は、幸四郎の脅し文句と、玄水がお英を殺すと言ったそのままを書き記してみせた。

覗き込んでいた真十郎は、万五郎に問う。

「あの厳しい警固の中に、どうやって忍び込んでここまで調べたのだ」

すると万五郎は、飄々と答える。

「外の守りが厳しければ厳しいほど、中は隙だらけなのですよ。忍び込むのは、見張りがいない高い塀があれば、容易いことで」

海辺に回る路地を歩いていた時、背丈の倍はある板塀のそばに大八車が立て掛けてあったのを思い出した真十郎は声をあげた。

「あの荷車か」

万五郎は、にこりと笑う。

「いい足場になりますからね」

それから先のことは、商売上の秘密だと言って濁す万五郎に、田所が笑って言う。

「わしは大勢の盗っ人を相手にしてきたが、たまにおるのだよ、人がおる家に堂々と忍び込んで、誰にも気付かれることなく銭を盗って出てくる奴が。万五郎もその口であろうから、いい盗っ人になるだろうな」

真十郎が言葉を失っていると、失言に気付いた田所が慌てた。

「いや、今のは言い方が悪かった。まあとにかく、万五郎の特技に、わしは惚れたのだ」

空咳《からぜき》をしてごまかした田所が、改めて言う。

「幸四郎と玄水をこれから奉行所に呼び、この絵を見せてやろう。万五郎、ご苦労だった」

お英が気になる真十郎は、田所に申し出る。

「よろしければ、二人を叱るところを見せていただけませぬか」

「おお、構わぬぞ。では、支度をしてまいるゆえ待っていてくれ」

田所は家来に玄水と幸四郎を出頭させるよう命じて、着替えに奥へ入った。

真十郎が田所の供をして奉行所に入って一刻が過ぎた頃、幸四郎と玄水が来たという知らせが与力の部屋に告げられた。

万五郎と別室で控えていた真十郎は、同心の手引きでお調べの場に行き、廊下の格子窓からではあるが、田所のお手並みを拝見した。

白洲《しらす》に敷かれた筵《むしろ》に並んで座る玄水と幸四郎は、急な呼び出しに困惑しているかと思いきや、二人とも不服そうな顔をしている。特に玄水は、万五郎の絵とは別人のように、ふてぶてしい態度だ。

田所が現れ、座敷に座る姿を睨んだ玄水が不服を口に出す。

「田所様、もうすぐ木戸門が閉まろうという夜更けに呼び出されては迷惑です。いったい我らが何をしたと申されるのか」

元武家だけに、堂々とした物言いだ。

幸四郎は目を伏せ、瞼《まぶた》を半開きにして一点を見つめて黙っている。

田所は広縁に出ると、万五郎の帳面を開いた。

同心が引き取り、玄水たちの前にゆく。

田所が厳しい口調で告げる。

「そのほうらを呼んだのは、悪事を未然に防ぐためだ。絵に覚えがないとは言わせぬぞ」

「よう見ろ」

同心に絵を見せられた幸四郎と玄水は驚き、二人とも見開いた目を田所に向けた。

「いつの間に……」

口を滑らす玄水の腕をたたいた幸四郎が、田所に言う。

「おそれながら、これは手前どもではありませぬ」

田所は厳しく告げる。

「幸四郎、わしが何もないのに呼び付けると思うな。今ならまだ遅くはない。そのほうが鉄砲洲の別宅で言うておったことから手を引くと誓うなら、このまま帰らせてやるがどうじゃ」

「異なことをおっしゃる。手を引くも引かぬも、身に覚えのないことでございます」

「その絵を否定すると申すか」

「この妄想の絵は、手前を貶《おとし》めようとする者が書いたに違いありません。天下の町奉行所与力ともあろうお方が、ありもせぬ妄想を信じられては、世も末でございますぞ」

蔑んだ薄笑いを浮かべる幸四郎に対し、田所は冷静な態度で応じる。

「残念だが、その絵は妄想でも陰謀でもない。御奉行がお認めになられておるわしの手の者が、鉄砲洲の別宅に忍び込んでありのままを描いたものだ。認めぬなら、これより御奉行にお出まし願おう。誰か……」

「お待ちを！」

焦った幸四郎が、玄水と二人揃って平身低頭した。

「おそれいりました。お英の土地はきっぱりあきらめますから、どうか、お許しください」

「殺しなど、初めからする気などありませんでした」

玄水が本音をこぼしても、幸四郎は微動だにせず頭を下げ続けている。

それを神妙と見たのだろう。田所は満足そうにうなずき、二人に念押しする。

「お英の身に何かあれば、お前たちを真っ先に捕らえるゆえさよう肝に銘じておけ」

「はは」

「うむ。今日は帰ってよし」

立ち上がった二人は、同心に付き添われて白洲を出ていく際にも、田所に頭を下げ、神妙な態度で帰っていった。

「これでよし」

安堵し、満足した様子でそう言った田所は、廊下で見ていた万五郎と真十郎を手招きした。

「万五郎、おぬしのおかげで幸四郎と玄水は大人しゅうなろう。また何かあれば頼むぞ」

「あっしでよろしければ、いつでもお声かけください」

「今のところ危ない役目はないゆえ、ゆっくり休んでくれ。真十郎殿も、ご苦労であった」

上機嫌の田所にそう言われて、真十郎は奉行所をあとにした。

夜道を帰りながら、万五郎が言う。

「短いあいだでしたが、ありがとうございました」

「そうか、おれはもう用ずみか」

「旦那、自分を物のようにおっしゃってはいけません。旦那がいてくれると思うからこそ、あの悪の巣窟のような別宅に忍び込めたんですから。また危ない役目の時は、お願いできますか」

万五郎の人となりと仕事が気に入った真十郎は、笑顔でうなずく。

「喜んで引き受けよう」

「ああよかった。それじゃ、あっしはこっちに行きやすんで」

恋女房が待つ家に帰るのだと思った真十郎は、笑顔でうなずく。

「いい嫁さんだな。二人を見ていると、おれも所帯がもちたくなったぞ」

「お辰にそう言ってやりますよ。では、おやすみなさい」

走り去る万五郎を見送った真十郎は、鶴亀屋敷に帰るべく、永代橋に足を向けた。

四

ここ数日仕事もなく暇な真十郎は、何をするでもなく一日過ごして、夜はぐっすり眠っていた。

ふと、物音に目を開けた真十郎は、足下にある確かな気配に身を起こした。

「所帯を持ちたいそうね」

玉緒の声に目をこすると、月明かりが照らす外障子に、ふっくらとした乳房の影が映える。

温かい裸体を寄せてくる玉緒を抱いた真十郎が微笑む。

「さては万五郎だな。お前となら一緒になってもいいと思ったのだ」

玉緒はそれについては何も答えず、真十郎を押し倒して肌を重ねてきた。

翌朝、すっかり日が高くなって目をさますと、玉緒はいつの間にかいなくなっていた。

「答えぬまま行きやがった」

どうやら所帯を持つ気はないようだと、真十郎が苦笑いをする想いでいると、表の戸が荒々しくたたかれ、

「旦那、万五郎です」

弱々しい声を聞いてただならぬ様子だと思い、寝間着を手繰り寄せて袖を通しながら戸口へ急いだ。

開けて出てみれば、真っ青な顔をした万五郎が声を震わせた。

「田所様が、刺客に襲われて大怪我をされました」

「何！　いつだ」

「今朝早く呼ばれて、奉行所にお供をしていた時です」

「命は無事なのか」

「あっしが騒いだことで刺客は去りましたもので、とどめは刺されず、幸い命は

助かったのですが、まともに歩けないかもしれないと医者が言っています」

「襲ったのは誰だ。使い手だという玄水の子分か、それとも日高屋幸四郎の手の者か」

「初めて見る顔でした」

万五郎はそう言うと懐から帳面を出し、真十郎に差し出した。

田所が襲われた時、用事を終えて別れたばかりだった万五郎は、騒ぎに気付いて引き返し、見たままを描いていたのだ。

真十郎が絵を見るために帳面を開いた時、万五郎は倒れた。真十郎に知らせるために走り通しで、体力と気力が限界だったのだ。

「おい、しっかりしろ」

咄嗟《とっさ》に受け止めた真十郎が部屋の中に運び入れると、万五郎が意識を取り戻した。

「み、水を一杯」

求めに応じて柄杓《ひしゃく》で水を汲み、口元に向けてやった。

がぶ飲みした万五郎は、生き返ったと言い、大きな息をして真十郎を見てきた。

「田所様から、旦那のほんとうのお名前とご身分を聞きました。あっしのような者の用心棒をするようなお人ではなかったのですね」

「それは過去の話だ。忘れてくれ」

「でも田所様が、今の奉行所より、旦那のほうがよっぽど頼りになる、きっと解決してくださるとおっしゃるから、急いで知らせに来ました」

「次はお英だと思っているのか」

万五郎はうなずく。

「恐ろしいほど強い野郎で、田所様もお強いというのに、まったく歯が立ちませんでした。あんな野郎に狙われたら、お英さんはひとたまりもありませんよ」

「日高屋幸四郎は、田所殿の脅しに屈していなかったか」

刺客を雇って命を取りにくるとはとんでもない悪党だと思った真十郎は、万五郎の帳面を開いて目を見張った。

「確かにこの男が襲ったのか」

万五郎は首を縦に振る。

「野郎は、田所様がお倒れになったのでとどめを刺そうとしたんですが、あっしが声をあげたもんで驚いて逃げやした。走りながらこっちに振り向いた時に、顔を隠していた布が落ちたんですよ」

「はっきりと見たのだな」

「はい」

「田所殿も見たのか」

「いいえ、気を失っておられて、他に人がおりませんでしたもんで、あっしだけです」

安堵する真十郎に、万五郎はいぶかしそうにする。

「旦那、ひょっとしてご存じのお人で？」

顔色をうかがう万五郎に、真十郎は告げる。

「この帳面は預かるぞ。出かけるが、お前は部屋で待っていろ」

「へい」

真十郎は表に出ると、もう一度確かめた。鷲のような眼差しに、尖った顎にこけた頰。「間違いない」

絵の男に見覚えがあった真十郎は路地を走った。向かう先は、玉緒のところだ。

芦屋の腰高障子を開けて入ると、戻って仕事をしていた玉緒が帳場から首を伸ばすように見てきた。

「誰かと思ったら旦那ですか」

今朝まで一緒にいたとは思えぬ他人行儀は、仕事をもらうために三人が待っていたからだろう。

玉緒はその男たちに仕事先を記した紙を渡して、

「お励みなさいね」

と言って送り出した。

戸を閉めて二人になった途端に、身を寄せてくる。

「もう寂しくなったのですか」

流し目で言いながら着物のあいだに手を入れた玉緒が、にっこりとする。

「旦那、下帯も締めずに来るなんて……」

触ろうとする手を止めた真十郎は、玉緒を上がり框に腰かけさせ、万五郎の絵を見せた。

「この男は誰だ」

道を走りながら振り向く姿を描いた絵に、玉緒は驚きもせず答える。

「黒藤雪斎《くろふじせっさい》様ですね」

「やはりそうか」

「どうして万五郎さんが雪斎様を描いたんです?」

何も疑わぬ玉緒に、真十郎は真顔で答える。

「田所与力を斬った」

「え……」

玉緒は見る間に顔から血の気が引き、真十郎にしがみ付いた。

「旦那、忘れてください」

「何を言う」

「忘れて！」

力を込めるのは、雪斎が新陰流《しんかげ》の達人ゆえ、真十郎の身を案じるからに他ならない。

玉緒が用心棒の仕事を回している男だから、その腕前を知っているのだ。

真十郎は、玉緒を落ち着かせて問う。

「雪斎を日高屋幸四郎に紹介したのはお前なのか」

玉緒は唇を噛んでうなずいた。

「半年前ですよ。日高屋さんが腕の立つ者を望まれて、いい条件を出されたから紹介したんです。ひと月の約束だったんですけど、雪斎の旦那は、日高屋さんがくれた手当とは別の志のおかげで、ご新造さんに高い薬を与えることができたそうで、床上げをすることができたと喜んでらっしゃったんです」

「女房は重い病だったのか」

「初めは風邪だとおっしゃってたんですけど、だんだんと具合が悪くなられたそうです」

「では、雪斎は女房が床上げできたことを恩に着て、幸四郎が命じるまま与力を襲ったのだろうか」

「そんなの信じたくありませんよ」

「どうして」

「だって、雪斎の旦那は女房思いで、すごく優しい人ですもの」

「しかしな、万五郎が見間違えるとは思えないぞ」

真十郎がふたたび絵を向けると、玉緒は納得できないと言いたそうな面持ちで見つめた。

「わたしがこれから雪斎の旦那の家に行ってみますから、万五郎さんが田所様に知らせるのを待たせてくださいな」

「それでは危ない。家を教えてくれ、おれが行く」

「忘れてって言ったでしょう！　絵を見せて動かぬ証だ、なんて言ったらどうせ斬り合いになりますから、わたしにまかせて、ね、お願い」

否を許さぬ玉緒の態度に、真十郎はうなずいた。

「わかった、まかせる。だが時はないぞ、雪斎が今も幸四郎と繋がっているかだけを調べてくれ」

「すぐ調べますから、家で待っていてください。雪斎の旦那の家からだと、真十郎の旦那の家が近いですから」

「気をつけろ、無理をするなよ」

「あら、心配してくださるんですね、嬉しい」

身を寄せた玉緒は、真十郎の手を引いて外に出ると、途中まで一緒に歩いて別れた。

真十郎は心配だったが、玉緒を信じて鶴亀屋敷へ戻った。

待たせていた万五郎の部屋に足を運んだ。

「万五郎、いるか」

声をかけて戸を開けると、横になっていた万五郎が飛び起き、板の間の上がり框まで出てきて問う。

「旦那、刺客が誰なのかご存じなんでしょう。教えてください」

「今玉緒が、はっきりさせるために調べている。もう少し待て」

「あっしは、田所様が心配で、仇を取りたいんです」

顔を歪めて泣きっ面をする万五郎に、真十郎は改めて問うた。

「まともに歩けないかもしれないと言ったが、足に深手を負ったのか」

「足じゃなくて、不意打ちで後ろから腰のあたりを刺されたんです。右足が思うように動かないご様子でした」

「そうか。だが今は、治ると信じて大人しくしていろ。相手がはっきりしたら、おれが捕らえる」

「へい」

万五郎は落ち着きを取り戻して、真十郎に茶を淹《い》れてくれた。

玉緒が来たのは、日が西にかたむきはじめた頃だった。

「旦那、いないんですか！」

路地でした声に、まだ万五郎の部屋にいた真十郎は戸を開け、こっちだと声をかけて手招きした。

小走りで来た玉緒を入れてやり、

「ご苦労だったな」

労い、肩に手を添えて上がり框に座らせてやった。

玉緒は走って来たのだろう、額に玉の汗を浮かべていたので、真十郎は懐紙を差し出した。

すると玉緒は、甘えたような顔をする。

意を汲んだ真十郎が懐紙で汗を拭ってやると、玉緒は嬉しそうに微笑んだ。

そんな二人を見ていた万五郎は、苛立ったように口を開く。

「仲がいいところすみませんがね、どうだったんです？」

すると玉緒は、笑みを消して答える。

「少しくらい休ませてよ。急いで来たんだから」

「ごめんなさい」

首をすくめる万五郎を横目に、玉緒は真十郎に言う。

「旦那が睨んだとおり、雪斎の旦那は日高屋の本宅へ行きましたよ」

「今まで雪斎を見張っていたのか」

問う真十郎にうなずいた玉緒は、表情を一変して心配そうに言う。

「でも、ご新造さんの姿が長屋にないのよ。近所の人に訊いたら、心配しても、どこにも
雪斎の旦那は教えてくれないそうなの。亡くなってはいないはずなんだけど、ど

うしちゃったのかしら」

真十郎は、ふと思うことを口にした。

「雪斎は、金で人を襲うような悪党ではないのか」

「断然ないと言い切れますよ。長い付き合いですから」

「では、脅されてやったか」

真十郎の疑いに、玉緒は目を見張った。

「それじゃ旦那……」

うなずいた真十郎は、黙って聞いている万五郎に顔を向けた。

「聞いてのとおり、田所殿を刺したのは、雪斎という玉緒もよく知っている浪人者だ。そこで頼みがある。田所殿を襲わせた黒幕を暴くために、雪斎が出入りしている日高屋の本宅に忍び込めるか」

「おやすいご用です。いいあんばいに日が暮れてきましたから、今から本宅に案内してください」

「ではまいろう。玉緒、案内してくれ」

「あい」

先に立つ玉緒に続いて出た真十郎は、万五郎と日暮れ時の道を東に向かった。

玉緒が案内したのは、本材木町《ほんざいもくちょう》だ。江戸橋《えどばし》の袂から八丁堀まで通された楓川《もみじがわ》沿いには、昔から材木を扱う商人が多く暮らしており、本材木町は江戸橋に近い一丁目から八丁目まで、八つに区切られている。

今では材木問屋随一と言われるほど大店の日高屋は、町方同心や与力が多く暮らす八丁堀に近い八丁目に、一目でそれとわかるほどの店を構えている。

遠目に見えるところで立ち止まった玉緒は、日が暮れた通りを照らす軒行灯《のきあんどん》を指差した。

「あそこが表よ。日高屋には二度ほど招かれたけど、二千坪の敷地には贅を尽くした母屋が建っていて、それを囲むように、大小の離れ屋が並んでいるの。わたしは迷うほどだったけど、万五郎さんは大丈夫ね」

真十郎が見ると、万五郎は気を張った面持ちをしていたが、すぐに得意げな顔になった。

「鬼が出るか蛇が出るか、楽しみになってきましたよ」

「肝が据わっているな」

真十郎が言うと、万五郎は笑みを浮かべた。

「旦那がいてくださるからですよ」

そう言って呼子を見せる万五郎に、真十郎はうなずく。

「気をつけろ」

「へい。それじゃ行きます」

万五郎は呼子を懐に忍ばせ、裏手に回れる路地へ入っていった。

五

「ちょろいもんだ」

忍び込んだ万五郎は、自分のことにまったく気付かない下女たちが、小声で雑談をしながら、食器を洗っているのを見て得意げに言った。

すると、手を止めた一人の下女が流し台から振り返る。

「どうしたの？」

もう一人の下女が問うと、

「今、男の人の声がしたような気がしたの」

下女は背後に広がる暗がりに不安そうな顔をしてそう答えた。

「ここに殿方は来ないから、気のせいよ。さ、早く片付けて、満願屋《まんがんや》の旦那様からいただいたお饅頭をいただきましょうよ」

「そうね」

下女は首をかしげながらも、仕事に戻った。

「あぶねぇ」

小声で言ったのは、その暗がりに潜んでいる万五郎だ。

着物を裏返して、闇に同化する色合いのほうを纏《まと》っていたのがよかったのである。

忍び足でその場を去り、裏庭を歩いていると、廊下に手代風の男が現れた。

立ち止まる万五郎にまったく気付かない手代は、疲れた顔で首のあたりを手でほぐしながら廊下を進むと、一番奥の、明かりがある部屋の前で立ち止まって声をかけた。

「黒藤先生、旦那様がお呼びでございます」

やはり雪斎はいた。しかも庭の泉水が眺められるいい部屋に。

そう思った万五郎は庭木に隠れながら、部屋に近づいた。すると、声に応じた雪斎が障子を開けた部屋の中に、布団で横になっている女が見えた。

「すぐ戻る」

雪斎がそう言うと、顔を向けて微笑んだ女は、黄疸《おうだん》が浮いているような肌の色をしている。

「病は重いのか」

またぼそりと口に出した万五郎は、手代に付いて廊下を進む雪斎のあとを追い、大胆にも廊下へ上がった。

広い屋敷だけに、人と出会わないかと思いきや、障子を開けて、用心棒らしき男が出てきた。

その者は雪斎に頭を下げ、万五郎のほうへ歩いてきた。だがそこに、万五郎の姿はない。用心棒は、暗い廊下の、天井板が張られていない頭上の梁《はり》に万五郎が抱き付いているのにまったく気付くことなく、小便が漏れそうだと口にして先を急いだ。

息を殺し、気配を無にできる万五郎は、音もなく廊下に下り立ち、ふたたび雪斎のあとに続いた。

掛け行灯の薄明かりがある内廊下を表側に向かった雪斎は、あるじ幸四郎が待つ座敷に入った。

仕事に戻る手代は、人がいない部屋に忍び込んだ万五郎に気付くことなく、目の前の廊下を通り過ぎてゆく。

万五郎は表の庭に出ると、向き合って座る幸四郎と雪斎を見つつ取り出した筆を舐め、地獄耳をそばだてた。

「どうだね、女房の具合は」

訊く幸四郎に、雪斎はうつむき気味に答える。

「昼間は調子が良かったが、夕方になると、やはり熱が出る」

「今日も出たか。どうやら、今の薬では弱いようだな」

ため息をついた幸四郎は言う。

「呼んだのは他でもないのだ。お前さんはわたしの力になってくれたから、なんとか病に効く薬はないものかと思い、今日は薬師《くすし》を呼んでいたんだ。満願屋、こっちへ来なさい」

すると奥の襖が開き、五十代の商人風の男が出てきて、雪斎に頭を下げて正座した。

幸四郎が言う。

「今までの薬もこの男が作った物だったんだが、もっと良い薬を作ったそうだ」

雪斎は満願屋に頭を下げた。

取り上げた。

笑顔で応じた満願屋は、薬が入っている紙の袋を差し出したのだが、幸四郎が
「お頼み申す」

じろりと目を向ける雪斎に、幸四郎は目を細める。

「これは一袋で二両もする薬だから、ただというわけにはいかんぞ」

意図を汲んだ雪斎は、厳しい表情で向き合った。

「次は誰を斬れというのだ」

「さすがは雪斎殿、話が早い」

「わたしは、別室にいますから」

慌てて立ち去る満願屋を見もしない雪斎は、じっと幸四郎を見ている。

奥の襖が閉められると、幸四郎は切り出した。

「女を一人、極楽へ送ってもらいたい」

「女か……」

気落ちする雪斎に、幸四郎は真顔で告げる。

「女房には、高い薬がいるだろう。どうするね」

目をつむった雪斎は、うなずいた。

「今まさに、女房は苦しんでいる。この場で薬をくれるなら、引き受けよう」

幸四郎は微笑み、薬の袋を差し出した。

受け取って懐に入れた雪斎が問う。

「どこの誰を始末してほしいのだ」

「雪斎殿もご存じのとおり、わたしが手に入れようとしている土地で粘っている女ですよ」

「あの土産物屋のお英か……」

雪斎は悲痛にくれた表情を浮かべたが、薬の袋を入れている胸のあたりをつかみ、目つきを険しくした。

立ち去ろうとする雪斎に、幸四郎が告げる。

「田所の時のように、仕損じてはいけませんよ。言うまでもないでしょうが、顔もしっかり隠してください」

「心得た」

そう言って出ていく姿を庭で見送った万五郎は、筆を止めて得意顔をした。

「見ている者はいたんですがね」

真十郎に知らせるために去ろうとした万五郎だったが、奥の襖を開けて満願屋が出てきたため、ふたたび聞き耳をたてた。うまくいきましたな、という声が聞こえたからだ。

幸四郎が悪い顔をして答える。

「雪斎は使える男だ。このまま女房を生かさず殺さず薬漬けにしておけば、いくらでも汚れ仕事をしてくれる」

「浅草の土地が手に入れば、また大儲けできますな。わたしにも、おこぼれを回してくださいな」

「稼がせてやるから、しっかり薬を作れ」

「承知しました」

「悪党どもめ」

声に出さず吐き捨てた万五郎は、尻から下がり、闇に溶け込んだ。

呼子の音がしないかやきもきしながら待っていた真十郎は、楓川の岸辺にしゃがんでいる玉緒に歩み寄った。

「遅いな」

「旦那、見てくださいな。川面におぼろ月が映って奇麗ですよ」

先ほどまで雲に隠れていた月を見上げた真十郎は、舌打ちをする思いで万五郎を心配して日高屋の本宅に顔を向けた。

「早く出てこい」

そうこぼす真十郎の腕に、玉緒が腕を絡めてきた。

「旦那はほんとうに、優しいですね。万五郎さんなら大丈夫ですよ。これまで一度もしくじったことがないと言っていましたから」

足音がするのでそちらを見ると、月明かりが届かない通りの暗がりから染み出るように、人影が走ってきた。

「旦那、大変です」

万五郎の焦った声に接して、真十郎は咄嗟に玉緒を下がらせ、刀の鯉口を切った。

「見つかったのか」

駆け寄った万五郎が言う。

「そうじゃなくて、雪斎がお英さんの命を狙います」

「なんですって」

驚いて前に出た玉緒が、万五郎をつかんで揺する。

「かか弱い女を斬ろうってのかい」

「雪斎の奴、騙されているんですよ」

絵を見せない万五郎から、見聞きしたままを伝えられた真十郎は、二人に告げる。

「ここで雪斎が出てくるのを待ってもらちが明かぬ。お英の家に行くぞ」

「旦那、斬り合いになるんじゃ……」

不安がる玉緒に、真十郎は微笑む。

「相手が誰であろうと、負けはせぬ。今はそれより、お英のことを心配してやれ」

「じゃあ行きましょう」

背を向ける玉緒に、真十郎が言う。

「お前は帰っていろ」

「男だけで行ったらお英さんに警戒されるだけですよ。ここはわたしにまかせてくださいな」

先に立って歩みはじめる玉緒は、屋台でそばを食べていた駕籠屋の前に酒手《さかて》を置き、浅草に急いでと言って勝手に乗り込んだ。

その銭の多さに歓喜した駕籠屋の二人が、へいただいま、と言って丼を置き、駕籠を担いで走る。

「玉緒の要領のよさには驚かされる」

真十郎はそう言って笑うと、万五郎と駕籠を追った。

六

黒藤雪斎が浅草に到着したのは、夜が更けてからだ。

店じまいをする屋台の横を通った雪斎は、お英の店の裏手に通じる路地へと足を踏み入れ、暗い中を忍び足で進む。

路地の先にある僅かな明かりを目指し、裏木戸の前で立ち止まった。

戸の隙間に平たい小柄《こづか》を挿し入れ、内から掛けられている閂《かんぬき》に当たりを付けると、引き抜いた雪斎は下がり、刀を抜いて幹竹割りに振り下ろす。

すぱん、と軽い音がして、裏木戸が開いた。雪斎の剣技にかかれば、薄っぺらい町家の裏木戸の閂など、なんの役にも立たぬのだ。

ゆるりと木戸を押して中の様子を探った雪斎は、足を踏み入れた。押し込み強盗に入られたように見せかけて、お英の命を奪うつもりなのだ。

「旦那！」

呼び止めたのは、真十郎の言うことを聞かず動いた玉緒だ。

雪斎が外に出て戸を閉め、振り向きざまに刀を一閃しようとして玉緒に気付き、目を見張った。

「芦屋の女将……、どうしてこんなところに……」

抜き身の刀を戻さぬ雪斎は、返答次第では口を封じる気だ。

玉緒を下がらせて背中にかばった真十郎は、説得を試みた。

「おぬしが日高屋に騙されているのを知って、止めに来たのだ。ご新造さんが飲まされている……」

いい終えぬうちに、聞く耳を持とうとしない雪斎が刀を振り上げて斬りかかってきた。

油断をしていない真十郎は踏み込んで手首を受け止め、押し離す。そして刀を抜くと、切っ先を雪斎の喉元に向ける正眼の構えで対峙した。

「聞け！」

喝を入れるべく大音声を発したが、雪斎は凄まじい剣気をぶつけ、無言の気合をかけて袈裟斬りに襲いかかった。

刀身を受け止めた真十郎は、

「玉緒、下がっていろ」

そう告げると、鍔迫《つばぜ》り合《あ》いを制して雪斎を板塀に追い詰め、引きながら刀を打ち下ろした。

刀身を振るって刃を弾いてかわした雪斎が、間合いを空ける真十郎に対し下段の構えを取ると、じりじりと摺《す》り足で迫ってくる。

「雪斎の旦那、落ち着きなさいってば」

玉緒が声を張りあげても、雪斎は真十郎から目を離さぬ。

誰にも邪魔をさせぬ決意を曲げず、猛然と斬りかかってきた。

引いて切っ先をかわした真十郎は、刀身を右から左へ大きく振るい、雪斎がふたたび刀を振り上げようとした瞬間を狙って刀身の腹を打った。

ぎいん、という鈍い音と共に折れ飛んだ刀身が、板塀に当たって落ちた。

愛刀が柄だけになった様を見て、雪斎は信じられぬといった具合に絶句している。

その眼前に切っ先をぴたりと止めた真十郎がふたたび板塀に押し込み、身動きを封じる。

そこへ万五郎が歩み寄り、帳面を開いて絵を見せながら語った。

「日高屋が……、ありえぬ」

幸四郎に騙されていると言われても、雪斎は信じようとしない。

「頑固者！　来なさいよ！」

怒った玉緒が、雪斎の右腕を引いた。

雪斎は腕を離そうとしたが、真十郎が左腕をつかみ、万五郎が腰を押した。

戸惑いながらも、雪斎は黙って足を運ぶ。

玉緒が息を切らせながら歩いて連れて行ったのは、神田に店を構える満願屋だ。

「自分の耳目で確かめるといいわ」

玉緒はそう言うと、表の戸をたたいた。

「芦屋の玉緒です。急用ですから、ここを開けてくださいな」

先ほどまでの厳しい声とは打って変わって、猫なで声のおとないに応じて、潜り戸を開けて店の男が顔を出した。

その顔面を右手でつかんで押し込んだ雪斎が足を踏み入れ、厳しく告げる。

「あるじに問いたいことがある。騒がず案内しろ」

脇差を抜いて脅された店の男は真っ青な顔で何度もうなずき、廊下をあるじの部屋へ向かった。

明かりが灯《とも》された部屋の前で、店の男が声をかける。

「旦那様」

「なんだいこんな夜更けに」

店の男が返事をする前に障子を開けた雪斎に、大福帳を手にしていた満願屋のあるじはあっと声をあげた。

「雪斎の旦那、なな、なんです」

雪斎は万五郎の帳面に描かれている悪事の絵を見せた。

「これはまことか」

帳面を受け取った満願屋の顔色が変わったのを見逃さぬ雪斎は、脇差を一閃した。

髷《まげ》を切り飛ばされた満願屋は悲鳴をあげて狼狽え、突っ伏して詫びた。

「断れなかったのです。許してください」

「命が惜しければ、今すぐ、解毒薬を渡せ」

「あれは、どど、毒ではありません。飲むのをやめさえすれば、ご新造様は元気になられます」

言い終えぬうちに、頭を脇差の柄頭で打たれた満願屋は、舌の先を嚙み切ってしまい、悲鳴をあげて転げ回った。

雪斎は、口から血を流す満願屋の顎をつかみ、鬼の形相で告げる。

「妻に何かあれば、必ず首を刎ねてくれる。さよう心得て首を洗ってまっておれ」

「し、死にませぬからぁ」

泣きながら訴える満願屋を突き放した雪斎は、真十郎たちにはばつが悪そうな顔をして廊下へ出ると、肩を怒らせて表へ向かった。

「おいどこへ行く」

声をかける真十郎に、雪斎は前を向いたまま言う。

「妻を迎えに行きます」

「待て、おれも行こう」

「無用！」

雪斎は大声を張り上げて表から出ると、夜道を走った。

真十郎が追おうとしたが、玉緒が腕を引く。

「わたしも一緒に行きますから、離れないでくださいよ」

「急げ」

「あい」

尻端折りをした玉緒は、赤い襦袢《じゅばん》をひらめかせて夜道を走る。

真十郎と万五郎が続いて走るも、玉緒は通りの四辻《よつつじ》をひとつ渡り、二町（約二百十八メートル）ほど進んだところで息をあげてしまい、泣き付いてきた。

「旦那、おんぶ」

どうしても行くと言うので、真十郎は仕方なく玉緒を背負って走った。

最愛の妻を助けるために走り続けた雪斎は、真十郎たちを大きく引き離して本材木町に到着し、日高屋の表に立つと、深呼吸をして怒りを鎮め、落ち着いた表情で戸をたたいた。

「わたしだ、黒藤雪斎だ。入れてくれ」

すぐに対応した手代が、

「いいところに戻られました。ちょうど今、旦那様と玄水さんが前祝をされているところです」

汗をかいている雪斎を見て、仕事を終えたものと思ったのだろう。

笑顔で誘う手代に続いて奥に行くと、酒に酔った幸四郎と玄水の笑い声が廊下まで聞こえてきた。

雪斎は、前を歩く手代に告げる。

「先に妻の様子を見にまいる」

すると手代は、険しい顔をする。

「それはいけません。先にご報告するべきです」

「いいからそこで待っておれ」

雪斎が裏手に続く内廊下に足を向けた時、襖を開けて出てきた佐馬と、禿頭の大柄な手下が行く手に立ちはだかった。

「おぬし、刀をどうしたのだ」

じろりと睨みながら問う佐馬は、油断がない態度だ。

「ほんとうにお英を始末したのか」

「話を聞いていたのか」

雪斎がそう返すと、佐馬は刀を左手に持ち換えた。

「質問に答えろ」

「あとで日高屋に話す。そこをどけ」

だが佐馬はどかず、刀の鯉口を切る。

そこへ、折悪く幸四郎と玄水が出てきた。

「何を騒いでいる」

佐馬が答える。

「剣のことしかない頭に、いらぬ知恵を入れた者がおるようです」

勘働きが鋭い佐馬に言われた玄水が、酒で赤くした鼻を指で弾き、意地の悪そうな目を雪斎に向ける。

「さてはしくじったな。お英の奴は、用心棒でも雇っていやがったのか」

幸四郎が狡猾《こうかつ》そうな顔をしているが、穏やかな声音で問う。

「嘘は通りませんよ。どうなのです、お英は生きているのですか」

この場は分が悪いと思った雪斎は、目を伏せた。

「そのとおりだ。しくじった。だが、何も言うておらぬから安心しろ」

幸四郎は疑いを解かず、顔をしかめる。

「この役立たずめが」

本性をあらわに罵り、佐馬に命じる。

「妻と共にこいつの口を封じなさい」

佐馬は即座に抜刀し、斬りかかった。

雪斎は脇差で受け流し、佐馬の肩に体当たりをして突き放すと、つかみかかってきた禿頭の大男の腕を切り、続いて首の血筋を断ち切った。

吹き出る血に目を見開いた大男が、襖を突き破って仰向けに倒れる。

雪斎は、妻を取り戻しに内廊下を走った。だが、幸四郎の手下どもに追い付かれて背中を斬られてしまい、裏庭に転げ落ちた。

激痛に呻いた雪斎は、とどめを刺すべく刀を振り下ろした佐馬の一刀を脇差で受け止めたのだが、両手に力を込めた刃が頭上に迫る。

歯を食いしばって耐える雪斎に、佐馬は嬉々とした目をし、さらに力を込める。

もうだめだと思ったその時、佐馬は飛び離れた。

呻いて倒れる雪斎を受け止めたのは、万五郎だ。

その万五郎を横目に、真十郎が悪党どもから雪斎を守って立つ。

「何者だ、貴様」

怒りを向ける佐馬に、真十郎は真顔で応じる。

「おれは用心棒だ」

「ふん、雪斎に浅知恵を……」

「問答無用！」

怒鳴った真十郎は佐馬に迫り、袈裟斬りに刀を振り下ろす。

受け止めた佐馬が下がり、手下どもにやれと命じる。

応じた四人の手下が刀を振りかざし、左右から斬りかかってきた。

真十郎は右から迫る一刀を弾き上げ、左から打ち下ろされた刃をかい潜ってその相手の足を浅く傷つけ、前に突き進む。

追って背後から斬りかかってきた手下を見もせず、横に足を運んでかわした真十郎は、そこから刀を横に振るおうとした相手の肩を斬った。

呻いて倒れ、激痛にのたうち回る手下を尻目に、真十郎は悪党どもに向く。

幸四郎と玄水を守るべく、十数人の手下どもが行く手に立ちはだかるも、真十郎は右に左にと刀を振るって斬り進む。たちまちのうちに、五人もの男たちが斬り伏せられた。

真十郎は息さえあがっておらず、修羅場を生き抜いた剣客の風格で突き進む。

また一人、無謀にも向かってきた手下を一刀で斬り倒した。

怒りの気を吐く真十郎を恐れた手下どもが下がり、一人が逃げた。それを機に総崩れとなり、あるじを見捨てて我先に逃げてゆく。

手代などは、縁の下に逃げ込み、頭を隠して震えている。

残ったのは、腕に覚えのある佐馬のみとなった。

真十郎は落ち着き払った顔で、正眼に構えて対峙する。

対する佐馬は目をつり上げ、大上段に構えて間合いを詰めてくると、気合をかけて斬りかかってきた。

佐馬渾身《こんしん》の幹竹割りが、真十郎の頭上に迫る。

佐馬の太刀筋を見切った真十郎は、己の刀の峰を相手の刃に当てて弾き振り上げると同時に、

「えい！」

袈裟斬りに打ち下ろした。

勝負は一瞬だ。

霧のような血しぶきが飛び、佐馬は呻き声もなく横向きに倒れた。

真十郎は逃げる手下どもには目もくれず廊下に飛び上がり、雪斎の妻を人質にせんとして奥へ行く幸四郎と玄水を追い、二人とも斬った。

障子を突き破って息絶える幸四郎と、断末魔の悲鳴をあげて庭に転がり落ちた玄水を見つつ懐紙で刀身を拭った真十郎は、万五郎に真顔を向けて手招きした。

真十郎の手並みに息を呑み、ぼうっとして立ちすくんでいた万五郎は、玉緒に背中をたたかれて我に返り、駆け寄った。

真十郎は、耳元でささやく。

「田所殿を斬った者の絵だが、今から言うとおりにしろ」

密《ひそ》やかに告げられた万五郎は、見開いた目を倒れている佐馬に向けたが、すぐに、笑顔で応じる。

「旦那は、悪いお人ですね」

真十郎が悪人面を作ってやると、万五郎はさっそく帳面に描いていた雪斎の絵を破って丸めると袖に入れ、筆を舐めながら、佐馬の顔を見た。そして帳面に向くと、田所を襲った下手人を佐馬に描き換えた。


その三日後、真十郎は玉緒に呼ばれて、芦屋に行った。

暖簾を潜って入ると、板の間の上がり框に腰かけていた雪斎が立ち上がり、神妙な面持ちで頭を下げた。

「このたびは、おかげさまで助かりました」

田所襲撃の件は、これまで商いの邪魔になる者を何人も闇に葬っていた幸四郎の指図で、佐馬がやったことで落着している。

そのことを万五郎から聞いていた真十郎は、笑顔で応じる。

「礼には及ばぬ。それより、おぬしも玉緒に呼ばれたのか」

「はい」

「玉緒、二人で用心棒でもさせる気なのか」

帳場でにこにこしながらこちらを見ている玉緒に問うと、雪斎が先に口を開いた。

「わたしはご覧のとおり、刀を捨てました」

言われてみれば確かに、雪斎は脇差も帯びず、髷もこざっぱりと町人のものにしている。

「これからは、女房と二人で働くつもりです」

「何をするのだ」

上がり框に並んで腰かけた真十郎が、雪斎を見て答えを待っていると、玉緒がそばに来て座った。

「言い方は悪いけれど、用心棒にとって家族は、時には悪へ引きずり込まれる弱みにもなるから、雪斎の旦那が本気で刀を捨てるお覚悟があるのなら、いい仕事がありますよってお誘いしたんです」

「女房と二人で何をするのだ」

ふたたび問う真十郎に、雪斎ではなく玉緒が答える。

「知り合いの商家が持っている裏店の差配役が、つい先日ぽっくり逝ってしまいましてね、後釜を紹介してくれって、頼まれていたんです」

雪斎が穏やかな笑みを浮かべて言う。

「それなりに手当てもいいというので、お受けしたのですよ」

真十郎はこの話を聞きながら、ふと思うのだった。

玉緒が夫婦になるのを曖昧にしているのは、おれの弱みになりたくないからではないか。

雪斎が帰ったあとで、真十郎は確かめたくなった。

「おい玉緒」

「なんです」

「さてはお前、この先もずっと、おれに用心棒で稼がせる気だな」

「さあ、どうでしょう」

何のことかと問わないところをみると、わかっているようだ。

そのとおりだと言われた気がした真十郎は、立ち上がった玉緒の尻をたたいた。

玉緒は笑って言う。

「旦那には、とびきりいい仕事がありますよ」

「ほおう、そいつはなんだ」

表の戸を閉めて戻った玉緒は、真十郎に身を寄せ、着物の胸のあたりを指でなぞりながら告げた。

「三百両の、儲け話です」

真十郎は玉緒の両肩をつかんで離し、目を見る。

目を合わせようとしない玉緒の表情を見て、どこか寂しそうに感じた真十郎は、両手で頬を包んでこちらを向かせた。

「いったい何があったのだ」

「いいから、うんと言って」

真十郎が返答をする前に玉緒が押し倒し、唇を重ねてきた。

第四章　三百両の子種

一

下総佐倉藩《しもうささくらはん》御用達でもある呉服商、下総屋のあるじ明隆《あきたか》が帳場でため息をついたのは、真十郎が万五郎の用心棒を引き受けて間もない頃のことだ。

元武家だった曽祖父がはじめた呉服屋は、品揃えと確かな品が評判になり、三代目の明隆が大きくして、日本橋でも有数の大店になっている。

順風満帆な明隆なのだが、近頃はひとつだけ悩みの種があり、今もそのことで頭がいっぱいで、またため息をつくのだった。

その悩みとは、今年の正月で二十になった跡取り娘のお洋《よう》に、良縁がないことにほかならぬ。

町で評判の器量良しで縁談は引く手あまたなのだが、肝心のお洋にまったくその気がなく、お洋は男ではなく女が好きだという噂まで耳にして、明隆は気に病んでいた。

明隆は、うるさいことを言って娘に嫌われたくないので、普段はすべて妻の紗《さ》代《よ》にまかせている。

優しい紗代もまた、お洋の思いどおりにさせるから、婿をもらう気にならないのだ。

そこで明隆は、勇気を出してお洋と向き合うと決めて、これから奥の座敷で、親子三人で話をすることになっている。

どう話すか考えをまとめていると、三度目のため息が出た。

そこへ番頭が来て、心配そうに言う。

「旦那様、女将さんとお嬢様が、先ほどからお待ちでございます」

「うん」

気が重い明隆であったが、両頬をぱんとたたいて気合を入れ、女房と娘が待つ奥の座敷に行くと、うつむいて座っている娘と向き合った。

話の内容は察しが付いているだろうとふんだ明隆は、紗代と目を合わせてうなずき、回りくどいのは無しにして切り出した。

「お洋、話とは他でもない婿取りのことだ。もういい年なのだから、早く婿をもらって跡継ぎを生んでくれないと、わたしも母さんも死んでも死に切れないのだよ」

さらに首《こうべ》を垂れるお洋の態度に、明隆は落胆しつつも、気持ちを奮い立たせる。

「縁談を断るのは女を好むからだ。世間でそう言われているのを知っているのかい？」

責めるように言われたのが気に障ったのか、お洋は反抗的な目を向けてきたが、すぐにうつむいて、不服そうな声で訴えた。

「今まで世話人がすすめてきた相手が、みんな気持ち悪いんですもの。何を言われても、いやなものはいやです」

世話人がすすめた二十人のうち、お洋が会うと言ったのは五人だ。

今初めてお洋の口から聞いた明隆は、お前知っていたのかい、と問う顔を紗代に向けた。

するると紗代も同じらしく、知らなかったという具合に首を横に振り、哀れむような目でお洋を見た。

明隆は問う。

「では教えてくれ。まず一人目は、何が気に入らなかったんだい」

お洋はうつむいたまま答える。

「自分の話ばかりをするうえに、ほとんどが親の自慢だったからうんざりしました」

「なるほど、では二人目は」

「話しかけても微笑むだけでしゃべらないから、気まずくなりました」

「大人しそうな顔をしていたからな。では三人目はなんだい」

「臭かった」

即答するお洋に、明隆は顔をしかめた。

「確かにそれはいやですね」

言った紗代に、お洋はこくりとうなずいた。

四人目は、自分が世の中で一番賢いと思っていて、大川を渡ったことがないというだけで馬鹿にされた。

五人目は、しゃべる時にぺちゃりと舌が鳴るから気持ち悪い。

お洋はそんな理由を並べて、

「世話人の言うことを鵜呑《うの》みにしたわたしが馬鹿でした」

とまで言う。

「それじゃ、どんな人ならいいんだい」

明隆が怒らずに問うと、お洋はやっと顔を上げて、真剣に訴えた。

「婿をもらわなくても、子供だけ産んだらいけませんか」

「え？」

突拍子もない提案に触れて、思わず頓狂な声が出てしまった明隆は、返答が頭に浮かばない。

お洋は身を乗り出してまで、両親に訴える。

「わたしとおとっつぁんとおっかさんで育てましょう。それが一番いいと思うんです」

「あ、あわ、えぇぇ」

もはや言葉にもならぬ明隆の困惑と動揺を横目に、紗代が嬉しそうな顔で応じる。

「それはいい考えですね」

口をあんぐりと開けた明隆に、紗代は楽しそうに言う。

「ほらお前様、日本橋の袂に店を構える羊羹屋の獅子屋《ししや》の娘さんは男子に恵まれたものの、婿が隠れて吉原に通っていたのを知って、離縁して追い出したじゃありませんか」

「それがなんだというんだい」

「獅子屋さんは親御さんと娘さんだけで息子を育て上げて、今は立派な跡取りになっているでしょう」

「確かにそうだな」

思わず賛同した明隆に、お洋がここぞとばかりに言う。

「子供はほしいけれど、夫は面倒ですからいりません」

明隆は眉尻を下げた。

「困った考えだよ。第一、どうやって子種を手に入れるって言うんだい」

お洋は前から調べていたらしく、すぐに答えた。

「夫婦になっても子宝に恵まれない若いご新造さんが、箱根湯本に湯治に行って帰ってしばらくすると子ができて、家の者は大喜びしたそうですけど、実は湯治場でこっそり、子種をもらっていたという話があります」

饒舌に語られて、明隆は目眩《めまい》がしてきた。

「それは芝居の中の作りごとだろう。実際にあったとしても、どこの馬の骨かもわからない男の子を跡取りにするのは勘弁しておくれ」

すっかり乗り気の紗代が提案してきた。

「お前様が商売の師として頼ってらっしゃる、仁兵衛《じんべえ》さんに相談してみてはどうかしら」

「ああ、あの人なら確かに、いい知恵をお持ちかもしれないね」

「おとっつぁん、お願いします」

手を合わせて拝むようにする娘に本気を見た明隆は、さっそく、日が暮れる前に仁兵衛を訪ねた。

「と、娘が言うものですから、そういうのもいいかもしれないと思いまして、お邪魔をいたしました。これは、ほんの気持ちでございます」

菓子折と金子《きんす》を差し出す明隆に、商売以外のことを初めて相談された仁兵衛は目を白黒させたものの、大口を開けて豪快に笑った。

明隆は背中を丸める。

「まったくもって、お恥ずかしい」

「いや、すまんすまん、つい笑《わろ》うてしまった。しかしお洋は前から変わった娘だと思うていたが、どうやら、本気で男が嫌いなようだな」

「わたしもそう思います」

「無理に婿を入れては諍《いさか》いの元だ。お洋はそれをちゃんとわかっているからこそ、決意して打ち明けたのであろう。で、どうする。ほんとうに、お前さんはそれでいいのか」

「よろしゅうございます」

「うむ。今の話を聞くあいだに、これと思う男が頭に浮かんだ」

明隆は身を乗り出して問う。

「どのような人ですか」

「出自も人柄も申し分ない。添え書きを持たせてやるから、芦屋の玉緒を訪ねて見せるとよいぞ」

「芦屋……、あの玉緒姐さんですか」

仁兵衛はうなずき、さっそく紙を用意して筆をとった。

師と仰ぐ仁兵衛が言うなら間違いない相手だと思った明隆は、添え書きを押しいただいて懐に納め、翌朝、大川を渡った。

芦屋の戸をたたいた明隆は、出てきた玉緒があくびをしたのを見て恐縮した。

「朝早くすまないね」

「いいんですよ」

気だるそうに招き入れる姿に、男と朝までいたに違いないと思う明隆だが、そんなことはおくびにも出さず向き合い、茶も断って切り出した。

「そういうわけでございまして、仁兵衛さんの紹介でうかがいました。これに目を通してください」

添え書きを読み進めた玉緒は、どうして、と思わず声に出したきり、仁兵衛の達筆をじっと見ていたが、程なく落ち着きを取り戻し、明隆に目を向けた時には、すっかり商売人の顔つきになっていた。

「今これに書かれているお人は仕事で手がいっぱいですから、待っていただくことになります」

明隆は不安になった。

「いつ頃になりそうですか」

「そうですね、もうそろそろ終わるでしょうから、長いあいだお待たせすることはないと思います。菖蒲《あやめ》が咲く頃までには、きっと」

「ああよかった、それなら待てますよ」

「お受けする前に、いくらでお考えかお聞かせください」

「いかほどなら、そのお方はお受けくださいましょうか」

すると玉緒は、厳しい顔で返す。

「金で子種を得ようという話は、本人には決してしないでください。知られたら終わりです」

「えっ、ではどうやってその……、娘とあれを……」

顔を見て口を濁す明隆に、玉緒はにっこりとして言う。

「娘さんを月島真十郎の旦那ととぼさせる方法は、仁兵衛さんがここに書いてらっしゃいますよ」

とぼすという言葉を恥ずかしがりもせず言う玉緒が、添え書きに目を向けたその時の表情が妙に寂しそうで、そのせいかやけに色っぽく見えた明隆は、ごくりと唾を飲んだ。

そんな玉緒に見つめられ、ぞくっと身を震わせた明隆は、横を向いて顔を赤くした。

「こっちを見て答えてくださいな」

「はい」

声を上ずらせて目を向ける明隆に、玉緒はやり手の商人の顔で問う。

「いくら出すおつもりですか」

「百両……」

「お帰りを」

にべもなく手を戸口に向けられて、明隆は焦って言いなおす。

「失礼しました。では、三百ではいかがですか」

玉緒はにこりと笑みを浮かべてうなずく。

「では、くれぐれも三百両のことは伏せるようにお願いしますよ。真十郎の旦那の手が空き次第用心棒として行かせますから、あとはそちらでうまくやってください」

「わかりました。では、真十郎殿が来られましたら、まず半金の百五十両をお届けに上がり、うまく子宝に恵まれた暁には、残りの代金と、礼も弾ませてもらいますので、何とぞお願いします」

腰を低くして頼む明隆に、玉緒は承知して証文を交わした。

二

そんな話とは露ほども思わない真十郎は、三百両の仕事があると言った時の、玉緒の寂しそうな顔を思い出して、首をかしげていた。

「これまでは高くてもせいぜい五十両の仕事だったが、一気に三百両まで跳ね上がったというのに、玉緒は何故、手放しで喜ばないのだろうな」

訊いても答えてくれない茶虎の猫は、のんびりと仰向けに寝ている。

「おい、聞いているのか」

そう言って腹に顔を埋《うず》めて匂いを吸っていると、猫は後ろ足で頬を蹴り、真十郎が顔を離すと腕に飛びかかってきて、じゃれはじめた。

ひとしきり遊んでやると、猫は満足したように裏から出ていき、誰かを呼ぶように鳴き声をあげながら歩いてゆく。

路地に下駄の音がしてきたので身を起こすと、

「旦那、支度はできていますか」

玉緒がそう言って、遠慮なく戸を開けて入ってきた。真十郎の浴衣姿を見て驚いた顔をする。

「あら、まだ支度をしていないんですか」

真十郎は玉緒に背中を向けて横になり、肘枕をしてあくびをした。

「どうも、気が乗らないのだ」

「もう」

上がった玉緒が尻をたたいた。

「先方は首を長くして待ってらっしゃるんですから、今日こそ行ってくださいよう」

真十郎は玉緒を引っ張って仰向けにさせて上になり、顔を近づけて目を見た。

鬢付油《びんつけあぶら》のなんともいい香りが欲望を誘うが、真十郎はそれよりも気になったことを問う。

「そもそも三百両の仕事とはなんだ。悪事ではないだろうが、法外ではないか」

「言ったでしょ、たいしたことじゃないけれど、いつ終わるかわからないからですよ」

「それも怪しい。用心棒を雇う場合は決まって、何か問題があると相場が決まっているると言ったのはお前だぞ」

「もう、今さら断れないんですから、子供みたいに駄々をこねないの！　さあ起きて、今日こそは行ってもらうと先方に言ったんですから、支度しますよ」

両腕を突っ張って離された真十郎は、芦屋の顔を潰さないでくれと言われて、不承不承に従った。

三百両の仕事があると言われた日から半月が過ぎているが、どこか他人行儀な玉緒は、先ほどのように真十郎を遠ざけている。

やはり情よりも仕事が大事なのだろう。

そう思った真十郎は、着替えをすませ、無銘の刀を帯に落として外に出た。

「では行くぞ」

「しっかりお励みくださいね」

笑顔で見送る玉緒に背を向けた真十郎は、路地から出た。

部屋の戸口にいた玉緒は、見えなくなると目に涙を浮かべたのだが、

「これも人助け。商売商売！」

そう自分に言い聞かせるように唇を噛み、戸締りをして店に帰るのだった。

やっと来た真十郎を、明隆は歓待した。

箱庭を挟んだ向こうにある座敷で、父親と話している真十郎を隠れて見ていたお洋に、紗代が小声をかける。

「どう、さすが仁兵衛さんが見込まれただけあって、いい男でしょう」

「そうでもないと思いますけど」

お洋は素直な気持ちを口に出すと、見るのをやめて菓子を食べはじめた。

あれほどの人はめったにいないと言われても、お洋は興味が湧かず、

「子種をもらうだけの人ですもの」

割り切った言い方をする。

だが菓子を口に運ぶ手は、僅かに震えている。食べる寸前で皿に戻したお洋は、母親に顔を向けた。

「芦屋の玉緒さんの言うとおりにするのですか」

「それが条件ですからね」

「あんなことを、ほんとうに気付かれないで、できるのでしょうか」

子宝に恵まれるために、母が集めてくれた柳川重信《やながわしげのぶ》や葛飾北斎《かつしかほくさい》の枕絵を見て学んでいたお洋は、不安でたまらないのだ。

「心配しないの。おとっつぁんがお膳立てをしてくれるから、あとはあの絵のよ

うにすればいいのよ。大丈夫、初めは怖いけど、きっとうまくいくから」

明隆が手を打ち鳴らす音がした。

「いよいよはじまるわよ。支度をして待ちましょうね」

母にそう言われたお洋は、身を清めに湯殿へ行った。


明隆は仁兵衛に書いてもらった手筈《てはず》どおりに、真十郎を酒に誘うという第一段階を突破し、途中から紗代も加わってたっぷり飲ませ、酔わせて眠らそうとした。

だが真十郎は、酔えば眠るどころか目が冴《さ》えるらしく、付き合わされる形となった明隆と紗代は逆に酔い潰れて眠ってしまい、気付けば朝になっていた。

「あ、お洋……」

そこに真十郎がいなかったため、明隆は心配して紗代を起こし、娘の部屋へ急いだ。

すると、お洋は待ちくたびれたらしく、夜着を被ってぐっすり眠っているではないか。

酒に誘うのは一日目が疑われないと書かれていたのに、不首尾に終わり、明隆は肩を落とした。

紗代が言う。

「お前様、真十郎様をご覧なさい」

言われて庭を見れば、真十郎は井戸端で顔を洗い、奉公人と談笑をしているではないか。

「あれだけ飲んだのに、けろりとしているな」

頭痛に襲われた夫婦は、揃ってこめかみを押さえて、ため息をつくのだった。

「酒で眠らせる策は、うまくいく気がしません」

夫婦の臥所に戻るなり紗代に言われて、明隆は手箱を引き寄せた。

「次の手でいこう。これを使う」

手箱から出したのは、薬の包みだ。

「それは何です」

「先代が世話になっていた医者に頼んで手に入れた、眠り薬だ。耳かきほどの量で、気を失ったように眠る代物で、ほっぺたをきつくつねっても目をさまさないと言っていた」

この計画に気付かれないために、真十郎と顔を合わさず夜を待った明隆は、茶室に招いた。

「旦那、昨夜はまいりました。今夜は是非とも、手前の茶をご賞味ください」

苦い抹茶に眠り薬を仕込んだものを点《た》てて差し出すと、真十郎は疑いもせず茶碗を取り、茶を飲んだ。

茶道に明るい明隆の目にも真十郎の所作は美しく、出自が良いと言った仁兵衛の顔が目に浮かんで感心し、密かに微笑むのだった。

効き目はてきめんだった。

茶を飲み終えてしばらく談笑しているあいだに、真十郎は目頭を押さえて頭を何度か振ったかと思うと、ばったりと、意識を失ったのだ。

「よし」

気合を入れた明隆であったが、茶室に入ってきたお洋の蒼白《そうはく》な顔と、気が張り詰めている様子を見て心配した。

「大丈夫かい」

「ええ、平気」

返事をするお洋の声は上ずり、身体が小刻みに震えている。

それでも明隆は、跡継ぎのためだと言い聞かせ、娘を残して外へ出た。

仰向けに眠っている真十郎を見下ろしたお洋は、意を決して、そばに腰を下ろした。

震える手を着物に差し伸べ、下半身をあらわにするために裾を割ろうとしたのだが、怖くてできない。

「大丈夫かい？」

障子の外からした明隆の声にびくりとしたお洋は、

「あっちへ行っていて」

恥ずかしさと不安をぶつけて、目を閉じて枕絵を頭に浮かべながら、裾を開いた。

ゆっくり目を開けたお洋は、昨日会ったばかりの真十郎と、どうしても交わることなどできないと思った。

「やっぱり無理」

ぼそりとこぼすと立ち上がり、後ずさりする。

外に出ると、明隆が駆け寄ってきた。

「おとっつぁん、わたし……」

「いいんだ。真十郎様の人となりは折り紙付きだから、焦ることはない」

「やっぱり、こんなのいや」

戸惑いの表情をしてうつむいてしまったお洋に、明隆は続ける。

「わかった。ちゃんと旦那を説得して、子種をもらおう」

「でもそれでは、芦屋の玉緒さんとの約束が」

「受けてくださるなら、黙っていてもらうよう旦那にお願いするから、心配するな」

するとお洋は、安堵したような顔をして、こくりとうなずいた。

「よし、では戻ろう」

「あのままではお風邪をひかれます」

お洋は自分の打掛を脱いで、そっと掛けようとしたのだが、真十郎が眉間に皺を寄せて動いたので、投げ掛けるようにして下半身を隠し、急いでその場から去った。

ふと目をさました真十郎は、ぼうっとして、自分がどこにいるのかすぐに思い出せない。ここが茶室だとようやく思い出して身を起こしてみれば、赤地に花柄の打掛が掛けられている。

「お洋さん……」

廊下で見かけた姿を覚えていた真十郎は打掛を取ったのだが、着物の前がはだけているのに気付いてぎょっとし、慌てて身なりを整えた。

茶を飲んだ後のことを何も覚えていない真十郎は、障子を開けて廊下に出た。

夜だったはずなのに、外はすっかり明るくなっている。

急に目眩がしてふらついた真十郎は、尋常ではない己の身体に顔をしかめ、周囲を見た。

すると、どこかで監視していたかのように、紗代とお洋が廊下の角を曲がって来た。

紗代が真十郎を見て、明るく声をかける。

「真十郎様、お目ざめでしたか。朝餉をお持ちしましたから、茶室でお召し上がりください」

「明隆殿はおられまいか」

「主人は朝の寄り合いに出かけました。さあどうぞ」

戻るよう促されて、真十郎は手に持っていた打掛をお洋に差し出した。

「これを掛けてくれたのはお嬢さんですか」

お洋は笑みもなく首を横に振り、茶室に入って朝餉の膳を置いた。

「主人が、眠られた真十郎様を起こさぬように、娘のを掛けたのでしょう」

紗代が打掛を引き取り、なんでもなさそうに言うのだが、真十郎の気持ちは晴れない。

お洋がちらりちらりと真十郎を見ては、母親に助けを求めるような目を向けているからだ。

「ごゆっくり召し上がってください」

紗代はそう言うと、お洋を連れて出ていった。その時の様子も、しっかりしさい、と言わんばかりに手を強く引いたように見えた真十郎は、飯の茶碗と箸を取り、また何かありそうな気がして、食べるのをやめた。

己が与えられている裏手の八畳間に戻った真十郎は、座禅を組み、瞑想《めいそう》にふけった。

「旦那、よろしいですか」

明隆が遠慮がちな声をかけてきたのは、どれほど時が経った頃か。

瞑想にふけっていた真十郎は座禅を解き、正座して応じる。

「どうぞ」

障子を開けて入ってきた明隆は、見るからに、申しわけなさそうな表情と態度で向き合って座り、真十郎に両手をついた。

「二日にわたる数々の無礼を、どうかお許しください」

真十郎は、畳に額を当てたままの明隆の腕をつかんで、顔を上げさせた。

「その無礼とは、酒と、あとは何ですか」

「茶に、眠り薬を入れました」

「どうりで……」

納得した真十郎は、目を合わせぬ明隆に言う。

「わたしを雇ったのは、用心棒を必要とするからではない、ということか」

「ご明察のとおりです」

わけを訊くまでもなく、打ち明けるために来たのだろうと思う真十郎は、黙って顔を見た。

すると明隆は落涙し、ふたたび両手をついて声を震わせた。

「子宝のためです」

「子だと？」

考えてもいなかった突拍子な答えに、真十郎は頓狂な声が出てしまい、開いた口が塞がらない。

着物の前がはだけていたのと、お洋の打掛で隠されていたのが頭に浮かんではっとした真十郎は、己の股間を見下ろした。

「では昨夜……」

「まだいただいておりません」

「何を？」

即座に問う真十郎に、明隆は腹の前で組んでいる手の指をもじもじとやりながら、上目遣いにぼそりと声を出す。

「子種……」

玉緒も承知のうえで、旦那を騙すようなことをしてしまったと白状した明隆は、三度平伏した。

「玉緒も、知っていたのか」

真十郎は衝撃を受けるも、怒ることなく、むしろ笑いが出た。よそよそしい玉緒の様子を思い出したからだ。

一人でくっくと笑う真十郎に、明隆は顔を上げて、にじり寄ってくる。

「旦那、手前にとっては笑いごとではないのです。どうか、どうかこのとおり、お洋に子種をください」

「おいおい、待ってくれ」

「お願いします！　このままでは、家が絶えてしまいますから」

しがみ付いて、お洋は婿を取る気がない、三人で子を育てようと決めて、此度《こたび》の運びになったのだと言われた真十郎は、まったくもって子宝をなんだと思っているのか、神仏を恐れぬ所業だと口先まで出かかったが、明隆の大真面目な顔を見ていると、娘が一人しかいないがために先行きが不安なのだろうと同情し、言葉を選んだ。

「話はようくわかったが、そなたたちの期待には応えられない。すまないが、これにて失礼する」

「お待ちください」

「玉緒には、わたしから言っておく」

無銘の刀を帯に落とした真十郎は、頭を下げて座敷をあとにした。

家に帰るため廊下を歩いていると、紗代が慌てふためいた様子でやって来た。

「あ、真十郎様、主人はどこに」

「奥の座敷におられる」

「お前様」

切迫した声をあげて座敷に行くので、何ごとかと振り向いてみると、お洋がいなくなったと、紗代が言うではないか。

真十郎が座敷に引き返すと、紗代が明隆に紙を差し出した。

「置き手紙です」

真十郎が覗き込むと、お洋は親に詫びていた。期待に応えられない自分がいやになり、家出をしてしまったのだ。

「ああ、なんたることだ。急いで探さないと」

「手伝おう」

真十郎が申し出ると、明隆と紗代は拝むように手を合わせてきた。どうやら、芝居ではないようだと思った真十郎は問う。

「行きそうなところはあるか」

「娘は日本橋から出たことがありません」

紗代が言い、明隆が立ち上がった。

「とにかく、探します」

真十郎は紗代に残るよう告げて、店の者たちと手分けをして探しに出た。

三

店の表で真十郎と別れた明隆は、供をするという手代を京橋方面に行かせ、一人で探していた。

娘が家出をするなどという初めての事態に、

「ああ、わたしが悪かった」

跡継ぎほしさに、娘に配慮が足りなかったと気が動転した明隆は、同じところをぐるぐる回るだけで、見つからないと言っては嘆いていた。

そんな明隆に、一人の老婆が歩み寄る。

頭から赤や緑の布切れをぶら下げ、やけに派手だが似合っていると思うところは、呉服屋としての目がそうさせるのか。

白髪の老婆は、そんな明隆の心情を読んだかのように、にたりと微笑んだが、すぐさま笑みを消して告げる。

「あっちにある稲荷大明神に油揚げを供えてお願いすれば、なんでもすぐに見つかるぞよ」

ぶっきらぼうな言い方をして、そそくさと去ってゆく老婆に、明隆は慌てて声をかけようとしたのだが、いくら声を張ろうとしても言葉が出ず、おまけに身体が動かない。

耳鳴りがして、目がぐるぐる回りはじめた明隆は、何もできないまま倒れた。

遠くから、おーい、おーい、という声が聞こえはじめ、耳鳴りがはっきり言葉に変わった時にはっと目を開けた明隆は、身を起こした。

目の前には職人風の男がおり、心配そうに声をかける。

「でえじょうぶかい。お洋、お洋ってつぶやきながら、ふらふら歩いていたと思ったらいきなりぶっ倒れっちまうからよ、驚いたぜ」

そんな馬鹿なと思う明隆は、青髭《あおひげ》の男に問う。

「先ほどの老婆はどこです」

すると男は、いぶかしそうに右の眉をつり上げた。

「は？　何を言ってるんだい。そんな婆さんはいないぜ、夢でも見たのか」

「いえ……お騒がせしました」

倒れていたのなら夢でも見たのだろうと思い、頭を下げた明隆は立ち上がった。

男が立ち去り、周囲には人がいない。人が多い路地から出てみれば、この場は、朝日《あさひ》、杉森《すぎのもり》、三光《さんこう》の三稲荷に囲まれた井筒屋《いづつや》の前だった。

どこをどう歩いてきたのかまったく思い出せない明隆は、老婆の言葉を思い出す。

夢の中でのお告げだろうかと、改めて周囲を見ながら考える。

商売繁盛、開運出世のご利益があるとして日本橋の商人や職人が大切にしている三稲荷は明隆もよく参詣するが、老婆が示したのは別の方角だったはず。

今は藁《わら》にもすがりたい明隆は、神のお助けだと信じて老婆が示した方角へ足を向け、祠《ほこら》を探して歩いた。お洋に会える気もしてきたので、とにかく方角を間違えないよう歩みを進めた。すると、小伝馬町《こでんまちよう》の人気《ひとけ》が少ない裏店の奥に、古びてぼろぼろになった小さな祠があった。

そこで明隆は、町で油揚げを二枚と皿を手に入れ、名も知らない祠を掃除して供え、手を合わせて、娘が無事帰ってくるよう祈願した。

すると男児がすたすたと近づいてきたので何かと思っていると、賽銭《さいせん》を投げた時に出したままにしていた巾着を奪って逃げた。

「あ、こら！」

明隆は追って走ったが、男児のなんと足の速いことか。まったく追い付けず息が切れてしまい、しかめた顔を空に向けた。

「何が神のお告げだよ。わたしはとんだ大馬鹿者だ」

大きなため息をついた明隆は、行くあてのないお洋が、そろそろ帰っている気がしてきて、家に足を向けると、力を振りしぼって走った。

お洋を探して歩いていた真十郎は、四辻から出てきた明隆に気付いて声をかけた。

「おい下総屋、いたか」

振り向いた明隆が、真十郎だとわかってふらふらと向かってきた。

「ずいぶん疲れているな」

見て感じたままを口に出す真十郎に、明隆は眉尻を下げて訴える。

「というわけでして、夢か幻か、とにかく不思議な老婆を信じたせいで、踏んだり蹴ったりですよ」

「まんざら幻でも夢でもないかもしれぬぞ」

「ええ?」

きょとんとする明隆に、真十郎は教えた。

「小伝馬町の稲荷が霊験《れいげん》あらたかなのは、耳にしたことがある。ところの者は、物をなくすとその稲荷を頼るため、お返し稲荷だと言って大切にしているのだ。娘を必死で探す姿を見て、大明神が老婆の姿になって現れたのではないか」

「でも旦那、とてもそうは思えないほど、祠はぼろぼろでしたよ」

場所を聞いた真十郎は、首をかしげる。

「おそらくそれは、違う祠だぞ」

愕然《がくぜん》とした明隆の前を、男児が走り抜けていった。

「小僧待て、銭はいいから巾着だけは返してくれ。娘からもらった大切な物なんだ」

叫びながら追いかける明隆に続いて、真十郎が走る。

小僧は鬼ごっこを楽しむようにきゃっきゃっと笑いながら、次第に離れていく。人混みに紛れてしまい、見失った明隆が膝に両手をついて息をするのに追い付いた真十郎は、明隆の背中をたたいた。

「先ほどおれが言った稲荷はここだぜ」

砕けた物言いをする真十郎に驚いた顔で振り向いた明隆は、朱塗りの鳥居の奥にある祠に目を向け、辺りを見回す。

「あれ、確かここでした。でも祠の様子が違います」

真十郎は言う。

「せっかくだ。老婆が教えたようにしてみてはどうだ」

「それもそうですね」

明隆は通りを少し戻り、豆腐屋に入って油揚げを一枚求めた。

すると店の者は心得ており、にこやかにすすめる。

「お稲荷さんにお供えでしたら、皿と三方《さんぽう》もどうぞ」

「ではいただこう。商売繁盛でいいね」

「おかげさまで」

店の者は愛想をしながら、手早く支度した。

「はいどうぞ。御利益がありますように」

明隆は代金を払おうとして巾着がないのに気付き、ため息をついた。

「いくらだ」

真十郎が問い、代金を肩代わりしてくれた。

明隆は礼を言って一組の品を受け取り、稲荷に供えて、娘が無事見つかるよう祈念した。

「一旦帰ろう。疲れているのだ」

真十郎にうなずいた明隆は、やつれた顔をしてとぼとぼと店に戻りはじめた。

「取られた巾着は、娘がくれたものだと言ったな」

「はい」

「取られた場所が場所だ。賽銭だと思えばあきらめがつくのではないか」

「そうします」

前を向いた明隆が、あっと声をあげた。

真十郎がその方角を見れば、お洋が男と通りを歩いているではないか。

「あの遊び人風の男は知った者か」

問う真十郎に、明隆は首を横に振る。

「うちの娘にかぎって、あんな下品な男と知り合いのはずはありません」

お洋が自暴自棄になっているように思えた真十郎が二人のあとを追いはじめると、明隆が追い越した。

「このままでは、あの男の子種を仕込まれてしまいます」

そう言って焦る明隆に、

「ありえるな」

同意した真十郎は、連れ戻しに向かった。

「お洋!」

しかし、明隆の声に振り向いたお洋は、男の手を引いて逃げるではないか。

急いで、と言う声が聞こえた気がした真十郎は、追いかけながら明隆に言う。

「好いた男がいたんじゃないのか」

明隆は走りながら驚いた顔を向けた。

「ろくでもない男だから、親に言えなかったのでしょうか」

「それはあるかもな」

「いいえ、そんなはずはありません。あんな悪そうな手合いと、知り合う時はないはずです」

心配する明隆に、とにかく二人に話を聞こうと言った真十郎が足を速めて追っていくと、お洋はもう走れないと言って立ち止まった。

男がお洋を背中にかばい、真十郎に向かってくる。

「この野郎! 失せやがれ!」

殴りかかってきたが、見掛け倒しだった。

威勢がいいわりには拳が遅く、真十郎は手の平で受け止めると、軽くひねっただけで男は悲鳴をあげた。

真十郎が平手でぶつ真似をすると、男は両手で顔をかばい、

「ごめんなさい」

と、あやまった。

その様子を見ていた明隆は、はっとした顔をした。

「お前、うちの隣で履物屋をしていた正直者の正兵衛《しょうべえ》さんの一人息子の、正太《しょうた》じゃないかい？」

「人違いです」

「そうやって顔をそらすのは、そうだと白状したも同じだぞ」

真十郎が言うと、男は狼狽えた。

明隆が真十郎に語った。

「正直者で人が好い正兵衛さんは、友人に騙されて大きな借財を背負うはめになり、夜逃げをしたんです」

「人違いだと言っているだろう」

男は叫んだ。

「ならば人攫いか」

真十郎の厳しい声に驚いたお洋が、男をかばってあいだに立った。

「正太さんは悪くないの。わたしが声をかけたんだから」

明隆が指差す。

「やっぱり正太じゃないか」

「偶然出会ったのか」

問う真十郎に、お洋は目を伏せて答えない。

すると、明隆がお洋に言う。

「正兵衛さんはわたしに百両借りたままだから、これまで言えなかったのか。想い人がいるから、だから、婿を取らないと言っていたんだな」

二人はうつむいて黙っている。

人目が気になった真十郎は、三人を促してその場を離れ、近くの料理屋で座敷を取った。

店の者にあとで呼ぶと言って遠ざけた真十郎は、障子を閉めた。

じっくり話を聞けば、正太は一人で江戸に戻り、履物職人を目指していたのだが、親方と信じていた男に騙されて、借金を負わされ、今はその金貸しのもとで取り立てをしているという。

ろくでもない人生だが、取り立ての帰りにばったりお洋と出会い、苦しい胸のうちを聞いているうちに、二人で逃げようという話になったという。明隆が見つけたのが、まさに、手を取り合って江戸から出ようとしていた時だったのだ。

真十郎は、黙って聞いている明隆の表情を見て思うところがあり、背中をたたいてやった。

「霊験あらたかだと思わないか」

すると明隆は、意を決したような顔でうなずき、二人に向く。

「娘を失うくらいなら、百両なんて惜しくない。正太、お前さんの借財も肩代わりをするから、もう逃げるな」

「正太さん」

お洋が喜ぶ顔を見た正太は、涙を流した。

「いくら借りているんだ」

明隆に言われて、正太は逡巡する様子を見せたが、悔しそうに答えた。

「元金は二十両なのですが、高利のせいで、今は二百両に膨れているんです」

「すべてわたしが出すから、そのかわり、うちの婿になってくれ」

「正太さん」

嬉しそうに望むお洋に、正太は恐縮した。

「わたしなんかで、いいのかい」

「正太さんがいいのよ」

娘の本心を知った明隆は、乗り気になって言う。

「正太、わたしからも頼む。このとおり」

「どうか、お手を上げてください。願ってもないことですから、わたしのほうからお願いします」

両手をついて頭を下げた正太だったが、一瞬だけ、含んだ笑みを浮かべた。

それを見逃さなかった真十郎は、おや、と疑念が浮かぶのだった。

「どこの誰から、金を借りているのだ」

真十郎の問いに、正太は再び気の弱そうな表情に戻った。

「日本橋北の……」

「香具師《やし》の元締めかい」

先回りをして言う明隆に、正太は首を横に振った。

「米屋です。表の商いは細々といった感じで、裏で高利貸しをしている悪徳とは知らず、飯屋で知り合った男から紹介されて、頼ってしまったのです」

「米屋の金貸しは聞いたことがないが」

いぶかしそうな明隆に代わって、

「ようは、騙されたのか」

真十郎がそう言うと、正太は首を垂れた。

「誰だか知らないが、そんな者とはきっぱり縁を切って、やりなおすといい」

明隆の言葉に、正太は涙を流した。

先ほどの顔は気のせいだったかと思う真十郎は、明隆に訊いた。

「いつ返しに行かせるのだ」

「高利となると、一刻も早いほうがいいと思うのですが」

「厚かましいのを承知で申します。今夜、お願いできますか」

平身低頭する正太に、明隆は言う。

「わかった。すぐに金を用意しよう」

「ありがとうございます！　この恩は、生涯をかけてお返しします」

「期待しているよ。お洋、いいね」

お洋はこくりとうなずいて、笑みを浮かべた。

前祝だと言って、店の者に酒肴《しゅこう》を頼む明隆に、真十郎は告げた。

「おれの仕事は終わりだな」

立ち上がる真十郎に、明隆は申しわけなさそうに頭を下げた。

「一杯だけでも……」

「遠慮しておくよ。玉緒には言っておくから、あとはよろしく」

「はは。また何かありましたら、これに懲りず、相談に乗ってください」

頭を下げる三人にうなずいた真十郎は、店をあとにした。

四

「どうも、気に入りませんね」

真十郎がこれまでの流れを話し終えると、玉緒はそう言って、聞きながら帳面に走らせていた筆を置き、上がり框に座っている真十郎の横に来た。

「日本橋北の町で米屋をしている高利貸しとなると、一人しか思い浮かびませんが、そこまで法外な高利を取るとは聞いていませんよ」

「匂うか」

「ええ、ぷんぷん。今夜金をくれってのも、騙し取る者が言いそうなことですよ。明隆さんともあろうお人が、どうして疑わないんでしょうね」

「実はおれも、正太が垣間見《かいまみ》せた面《つら》が気に入らないのだ」

「旦那の目は確かじゃありませんか。どうしてそこで、とっちめてやらなかったんです」

「はっきりした証もないのに問い詰めたところで、いくらでも言い逃れできるだろう。それに、お洋さんが駆け落ちをしようとまでした相手だしな」

「用心棒なんですから、厳しくしたっていいじゃありませんか」

「そうは言ってもな、明隆親子は金で子種を買おうとする考えの持ち主だ。まして子を宿すお洋にしてみれば、昨日今日知り合ったおれなどより、幼馴染の正太のほうがよいと思っているのではないか」

玉緒は目を見張って、動揺の色を浮かべた。

真十郎は笑って言う。

「明隆にすべて聞いたぞ。三百両の子種とは、なかなかおもしろい仕事を回してくれたものだ」

「あれはその……」

「仁兵衛殿に頼まれては断れぬからな」

「そう、そうなんですよ。おほほほ」

真十郎は腕をつかんで強く引き寄せた。

「あん」

猫なで声で嬉しそうな顔をする玉緒が小憎たらしくなった真十郎は、

「こうしてやる」

急所のひとつである両脇に手を入れてくすぐり倒した。

笑いすぎて息もできぬ玉緒は、

「もうしませんから、かんにんしてぇ。もうだめ、死ぬぅ」

悶《もだ》え苦しみ、喘《あえ》いだ。

そこへ、

「勝手に入りますよ」

唄《うた》うように戸口から姿を見せた万五郎が、あっと声をあげて立ち止まった。

「玉緒姐さん、いいところを邪魔しちまったようで」

くすぐりの苦しみで着物を乱し、髷も垂れ下がった玉緒を見て勘違いする万五郎に、真十郎が手招きする。

「今からお前のところへ行こうとしていたのだ。丁度良かった」

すると玉緒が腕をつかんだ。

「旦那、正太を調べるおつもりですか」

「どうも気になるのだ」

万五郎が歩み寄る。

「なんだ、てっきりお二人は、昼間から楽しんでおいでかと思いやした」

「妙な仕事を回したから懲らしめていたのだ。それより……」

「お待ちを」

手の平を向けた万五郎が続ける。

「お話を聞く前に、ひとつご報告をさせてください」

真十郎がうなずく。

「すまぬ。用があって来たのだな」

「はい。先ほど田所様がわざわざ足を運ばれて、今日からめでたくお役目に復帰されたとのことです」

玉緒が喜んだ。

「足が治ったのね」

「すっかり前のようにはいかないにしても、悪党の吟味をするのには支障がないそうで、お元気なご様子でした。それを姐さんに言いに来ただけですから、あっしはこれで」

「おい待て」

帰ろうとする万五郎の帯をつかんで止めると、笑って振り向いた。

「いけねぇ、もう忘れてやした。仕事を恵んでくださるので?」

「うむ。行動を探ってもらいたい男がおるのだ」

詳しく教えてやると、万五郎は鼻頭が白くなるほど皺を寄せた。

「玉緒姐さん、その高利貸しとはまさか……」

「白鳥印《しらとりじるし》の女将、お常《つね》さんだと思う」

「ははぁ、やっぱりあの女ですか」

奉行所の仕事を請け負う万五郎だけに、裏の顔も知っているとみえる。

「悪い女なのか」

問う真十郎に、万五郎は言う。

「貸す時は仏顔、取り立てる時は般若面《はんにゃづら》、というやつですよ。借財を踏み倒そうとする武家に脅されることもあるとかで用心棒も三人囲っておりますが、こいつらがまた食わせ物で、金を返せない弱い町人の女房や娘に夜鷹《よたか》をさせてまで取り立てをしているって話を耳にしたことがありやす」

「反吐《へど》が出る話だ」

口汚く言う真十郎に、玉緒が言う。

「旦那、わたしはそんなに酷いことをしているとは思っていませんでした。下総屋さんは大丈夫かしら」

「そこで万五郎の出番だ。これから言う男がお常とどう関わっているか調べてくれ」

玉緒が万五郎に言う。

「一晩一両でどうです」

「旦那が守ってくださるなら」

「無論だ。呼子は持っているか」

「ええ、いつも持ってますから」

「では行こう」

真十郎は連れて出ると、日が暮れる前に下総屋に急いだ。店の前に到着しても中には入らず、正太が出てくるのを待った。

日が暮れると冷え込んできて、玉緒の店からまっすぐ帰るつもりだったので薄着だという万五郎が寒そうにしている。

そこで真十郎は、羽織を脱いで掛けてやり、雨が降らないことを願った。

やがて、下総屋は客を送り出すと、上げ戸を下ろして店を閉めた。

人通りも少なくなった頃に潜り戸が開き、正太が出てきた。

万五郎の腕を引いて物陰に潜んだ真十郎が指差す。

「あの男だ」

万五郎はうなずき、先に立ってあとを追いはじめる。

振り向きもせず、風呂敷で包まれた二百両の大金を抱えて先を急ぐ正太は、日本橋を越えて袂を右に曲がり、しばらくすると三辻を左に曲がって、幅が狭い道を急ぐと、裏路地に面した戸を開けて入っていった。

「勝手知ったる様子だな。ますます怪しい」

真十郎が言うと、

「あそこは白鳥印の女将の家ですよ。ここからはおまかせを。表で待っていてください」

万五郎は声を潜めて、路地へと消えていった。

真十郎は万五郎が言うとおりに、人がいる表側に足を運び、商売を終えている米屋が見える場所で商家の軒先に立ち、のんびりと人を待つ体で通りに目を配る。

四半刻《しはんとき》（約三十分）が過ぎた頃、折よくそばの屋台が商売をはじめたため、真十郎はさっそく一杯注文して、ゆっくり酒を舐めながら時間を潰した。

すると、白鳥印の裏手に通じる路地から、三人の浪人者が出てきて、談笑をしながら神田のほうへ歩いていった。

どうやら万五郎はうまく忍び込んでいるようだと、真十郎は安堵して酒を流す。

夜が更け、長居をする真十郎が屋台のおやじから白い目を向けられはじめた時、ようやく万五郎が出てきた。

屋台の明かりに真十郎を見つけて駆け寄ると、横に並んで腰かけた。

「旦那、お待たせしました」

「何か楽しいことでもあったのか」

やけに明るいので、女将と仲良く話でもしていたのかと一瞬頭に浮かんだ真十郎に、万五郎は首を横に振り、前を向く。

「おやじ、熱いのを一杯くれ」

「あいよう」

不愛想だが旨いそばを食べさせるおやじを横目に、真十郎は、渡された帳面を見た途端に唖然とした。

「おい……」

「どうも、あっしが行くところはそういった奮闘が多いですね」

隠語で伝えるとおり、万五郎が見たままを描いたのは、年増女が正太の腰に足を回して喘いでいる、なまめかしい枕絵そのものだ。

万五郎が、おやじに聞こえないよう声音を下げた。

「二人はいい仲のようで、正太がお洋と夫婦になれば、身代を奪えると喜ぶあまり、女将は気持ちが昂《たかぶ》ったんでしょうね。足をこのように回して、子を作りたいとまで言っていました」

「とんだ女狐《めぎつね》だ。まさか、正太は初めからその気で、お洋に近づいたのか」

「どうやら目を付けていたようですが、籠絡《ろうらく》する手を探っている時に、娘さんのほうから声をかけたそうで、お洋はもう自分のものだ、すっかり信じているから言いなりだと自慢するものだから、女将の女心に火を付けちまったようで、見ているのも恥ずかしくなるほど、あんなことや……」

「もういい、わかった」

絵だけで十分だと言った真十郎は、帳面を閉じた。

「旦那、その絵をどうお使いになるんです」

「これだけでは、田所殿は動いてくれまいな」

「ええ、せいぜい呼び付けて、お叱りで終わりでしょう」

そうだろうと思う真十郎に、万五郎が言う。

「踏み込むなら、用心棒がいない今ですぜ。乳繰り合うために、女将から一刻暇を潰して来いと言われて出ていきましたんで」

「ではそろそろ戻る頃だな」

言っているそばから、三人の用心棒たちが戻ってきて、米屋に入った。すると入れ替わりに正太が出てきて、用心棒たちに何か言い置いて、通りを急いでゆく。

「お洋のところに戻る気だな」

そうつぶやいた真十郎は、酒手を多めに置いて店主に声をかける。

「おやじ、これでしっかり食べて飲ませてやってくれ」

そばを出そうとしていたおやじが振り向き、置かれている銭を見て機嫌よくうなずく。

「これは借りていくぞ」

帳面を懐に入れた真十郎は、万五郎の肩をたたいて労い、正太を追って下総屋に向かった。

五

「正太、うまく片を付けたのかい」

店の表から入るなり帳場から出てきて問う明隆に、正太は涙を流して、地べたに突っ伏した。

「旦那様のおかげで、きれいさっぱり借財がなくなり、このとおり、証文もここに――」

借財を完済した証を見せられて、明隆は板の間から下りて正太の手を取った。

「よしよし、立ちなさい。今日からお前は、わたしの息子になったのだから、もう二度と、人に騙されるんじゃないぞ」

そう言って板の間に上げられた正太は、泣きっ面で言う。

「さっそく、お望みを叶えたく存じます」

「なんのことだい」

「旦那様が欲しがってらっしゃる子宝です。一日も早く恵まれますから」

洟をすすって笑顔を見せる正太に、明隆は感動したようだ。

「娘がその気になったのも、お前のおかげだ。頼むぞ正太」

「はい」

「今日は疲れただろうから、焦ることはない。ゆっくり休みなさい。腹が減っただろう、さ、こっちへ来なさい」

うなずいた正太は居間に座ると、紗代が出してくれた夜食を食べた。

嬉しそうにしている明隆と紗代に、正太は爽やかな笑顔を見せながら食事をすませ、箸を置いて手を合わせた。

「ごちそうさまでした。おかげさまで、格別の味でした」

「一杯付き合ってくれ」

明隆がそう言い、紗代が熱燗をつけに行こうとした時、お洋が入ってきた。

「お洋、もう終わったそうだから安心して寝ていなさい。話は明日でいいだろう」

明隆が微笑む。

正太は膝立ちで近づき、

「心配をかけたね。明日からよろしく頼むよ」

手をにぎろうとしたのだが、お洋は拒んで下がった。

「嘘つき」

怒った様子のお洋に驚いたのは、明隆だ。

「お洋、何を言っているんだい」

「そうだよお洋ちゃん、わたしがどんな嘘をついたんだい」

お洋は右手を後ろに回して隠していた万五郎の帳面を正太に投げつけ、目に涙を浮かべて指差す。

「騙されないから」

「いったいどうしたのよ」

落ちた帳面を先に拾ったのは紗代だ。中を見るなり、大きく開けた口を手で塞ぎ、絶句している。

横から覗き込んだ明隆が、愕然として奪い取り、正太に向けた。

「これはなんだ。お前、金を返しに行ったのではないのか」

まさに、絵は見事なまでに生き写しだ。まだ柔肌《やわはだ》の感触が手に残っている正太は、言い逃れしようにも言葉が出ない。

「どうなんだ！」

「こ、これは、わたしではありませんよ。ただの下品な枕絵ではないですか。お洋ちゃん、おっかさんから枕絵を見せられていると言っていたけど、いくらなんでも、わたしが手本になるわけないじゃないか。妄言はよしてくれよ」

「妄言なんかじゃない」

悔しそうなお洋に、紗代が問う。

「お洋、これをどこで手に入れたの」

「わたしだ」

庭からした声に振り向いた明隆と紗代が目を見張った。

「真十郎様、どういうことです?」

問う明隆に、真十郎は告げる。

「お洋さんが心配で、ある絵師に頼んでその男の行動を探らせていたのだ」

「絵師?」

不思議そうな明隆に、お洋が言う。

「南町の与力様も頼るお人だから、描かれている絵に嘘偽りはないそうです。この人はわたしたちを騙して、相手をしている女と店を乗っ取ろうとしているそうです」

「本当かい！　お前、よくもそんなことができたな。この恩知らずめ！」

激昂した明隆に詰め寄られ、胸ぐらをつかまれてようやく、正太に黒い本性が湧き出てきた。

目をひん剝き、怒りに歪んだ明隆の顔が滑稽に見えた正太は、悪事がばれた開き直りも助けて笑いはじめた。

「何がおかしい！」

顔を殴られた正太は途端に殺気が込み上げ、お洋に飛びかかって首に腕を回した。

「そこを動くな！」

怒鳴り声と共に、懐に忍ばせていた刃物を抜いてお洋の喉元に突き付ける仕草は、夜逃げをしたのちの正太の暮らしぶりを示し、実に、堂に入ったものだ。

「やめてえ！」

叫ぶ紗代に黙れと怒鳴った正太は、手を震わせて娘の命乞いをする明隆に命じる。

「娘の命と引き換えだ。今すぐ、店の沽券《こけん》状を出せ」

「何を言うか！」

怒鳴る明隆に対し、正太はお洋に近づけている刃物をさらに寄せた。色白の喉に、ぷつりと血の玉が浮かぶのを見て、真十郎が声を張る。

「明隆殿、ここは素直に従いなさい」

怒りに震えていた明隆は我に返り、今持って来ると告げて廊下に出ると、転びそうになりながら奥の座敷に急いだ。

紗代が声を張ろうとしたが、真十郎が止め、静かに待つよう告げる。

興奮気味の正太は息を荒くし、お洋をがっしりと抱きすくめているため、手出しができない。

「早くしろ！」

怒鳴った正太に、奥の座敷から出てきた明隆が、今持ってきたと廊下で答えて、書類を手に戻ってきた。

「これが、沽券状だ」

差し出すのをむしり取るように奪った正太は、にたりと笑みを浮かべる。

「これで店はおれの物だ。役人に訴えられては困るから、お洋もいただいて行くとしよう」

「そんな、話が違うじゃないか」

「黙れ！」

怒鳴った正太は、お洋を盾にして下がろうとしたが、真十郎は、動いた時の一瞬の隙を逃さない。

刃物がお洋の首から離れた時を狙って、手に隠し持っていた小柄を投げた。

手首に刺さった痛みにより刃物を落とした正太は、それでもお洋を連れて行こうとしたのだが、激しく抵抗されて手を離した。

親のところに走るお洋を追おうとした正太であるが、座敷に上がった真十郎を恐れて下がり、沽券状を持って表に逃げた。

「待て！」

真十郎が正太を追って外に出ると、店を見張っていたのか、お常の用心棒が正太を逃がし、三人が一斉に刀を抜いた。

受けて立つ真十郎は抜刀し、三人に向かう。

猛然と迫る真十郎に対し、前に出た一人目が刀を振り上げ、拝み斬りに打ち下ろす。

真十郎は刀で弾き上げ、胴を峰打ちしてすれ違う。

呻いた用心棒は振り向いたが、痺れていた腹の激痛にあとから襲われたらしく、刀を落としてうずくまり、悶絶《もんぜつ》した。

仲間が一撃で倒されたことに目を見張った二人であるが、

「おのれ！」

髭面の男が怒気を吐き、迫る真十郎に斬りかかった。

大上段から打ち下ろす鋭い太刀筋だが、見切った真十郎は右に足を運んでかわし、相手が振り向く前に肩を峰打ちした。

三人目に迫ると、

「待て、待ってくれ」

痩せた男は刀を置いて下がり、媚びた笑みを浮かべる。

「わしは、あの二人にいいように使われていただけだ。もう縁を切るから、刀を下ろしてくだされ。三つになった娘がおるのです」

そう言われては、責める気になれない。

「では二人を縛れ」

「はい」

己の刀の下げ緒を取った男は、気を失っている男の両手を縛り、肩の骨を砕かれて苦しんでいる男から刀を奪って捨てるかと思いきや、背を向けている真十郎を睨み、無言の気合を吐いて斬りかかった。

決して油断をしていない真十郎は、振り向きざまに刀を打ち払い、愕然と目を見張る男の額を打つ。

見開いていた目を上に向けた男は、呻き声もなく仰向けに倒れた。

「口でなんと言うても、目は嘘をつかぬ」

そう吐き捨てた真十郎は、逃げた正太を追って白鳥印へ行こうとしたのだが、

「お待ちを」

明隆に止められた。

倒れている男たちを見ながら歩み寄ってくる明隆が、感心して言う。

「いやあ、お見事な腕前ですな。仁兵衛さんからお強いとは聞いていましたが、あのような剣術、初めて拝見しました」

「そんなことより、何ゆえ止めるのだ」

すると明隆は、うふふ、と楽しげに笑う。

「正太の奴に渡したのは沽券状ではなく、店を建て替えた時に大工の棟梁《とうりよう》とかわした覚え書きですから、なんの価値もないんです」

ふと、沽券状と書かれた紙袋を思い出した真十郎は問う。

「中身を替えたのか」

「そういうことです」

中を見られたらどうする気だったのかと思う真十郎であるが、震えながら焦っていた正太の様子を見て、それはないと見抜いたに違いなかった。

「おぬしも、狸《たぬき》だな」

「お褒めいただき、ありがとうございます」

そう言って笑う明隆の豪胆に触れた真十郎は、子種に三百両もの大金を払い、正太のためにさらに二百両出すのも、納得できるのだった。

そこへ、自身番から役人が来た。

店の者を呼びに走らせていた明隆が、悪党だから捕らえるよう告げ、真十郎に頭を下げた。

「逃げた正太と米屋の女将は、南町奉行所の同心の旦那にお話しして捕らえていただきますから、ご心配なく。おかげさまで、とんでもない目に遭わずにすみました。このお礼は、改めてさせていただきます」

「では、お役御免だな」

「子宝のことは、猛省しております。この先お洋には、跡継ぎ跡継ぎと言いません」

「それを聞けば、お洋さんも気が楽になるだろう。では、わたしはこれで」

真十郎は明隆の見送りを受けて、用心棒たちが連れて行かれるのを横目に帰った。

その夜、玉緒には明日報告するつもりで、真十郎は鶴亀屋敷の部屋で寝ていた。

そっと戸を開ける音がしたのは、明かりを消して四半刻が過ぎた頃だろうか。寝付けずにいた真十郎はすぐに気付いたのだが、殺気はないので、玉緒が来たのだろうと思って寝たふりをして様子を探っていた。すると、上がってきて真十郎の背後に立つと、帯を解く衣擦《きぬず》れの音がした。着物を脱いで置いたかと思うと、布団に入ってきた。

背中に温かい柔肌を寄せられて、真十郎は振り向いて抱こうとしたのだが、玉緒ではなかった。

「お洋……」

驚く真十郎に、お洋は抱き付いた。今は、まったく震えていないのである。

「何も言わずに抱いてください」

柔肌を感じた真十郎は、子宝を望むよりも、正太に裏切られた悲しみを忘れたいのだろうと心中を読み、華奢《きやしや》な背中に手を回して力を込めた。

「これでいいか」

お洋は僅かにうなずき、吐息を漏らして真十郎の胸に抱かれた。

いつの間にか眠ってしまった真十郎は、雀のさえずりで目をさますと、はっとして起き上がった。

部屋にお洋の姿はなく、起こさぬように出ていったようだ。

「ああ、しまった」

目をこすり、顔を洗いに立とうとした時、お洋の櫛《くし》が枕のそばに置いてあるのに気付いて手に取ってみる。

おそらく正太にもらったのを捨てて帰ったのだろうと思い、微笑んだ。

「旦那、帰っているそうですね」

玉緒がそう言って表の戸を開けたものだから、真十郎は慌てて敷布団の下へ櫛を隠した。

玉緒は目をとめたが、すぐに笑みを浮かべる。

「旦那のおかげで、四百両も儲けましたよ」

真十郎は驚いた。

「四百両？」

「ええ、さっき明隆さんが来られて、正太と白鳥印の高利貸し女のたくらみを聞きましたよ。二人は八丁堀の旦那がお縄にして、騙し取られた二百両も返ってきたそうで、旦那のおかげで助かったとおっしゃって、初めに約束していた三百両に、百両上乗せした後金《あときん》を払ってくださったんです」

「そうか、それはよかったではないか」

「太っ腹ですよねえ」

玉緒は身を寄せてきてそう言うと、真十郎の胸を指でなぞりながら、上目遣いに見て続ける。

「一緒に来ていたお洋さんは、すっかり忘れたと言って笑っていましたよ。先日お目にかかった時とは別人のように明るくて、肌の艶もいいの。よほど嬉しいことがあったんでしょうね」

そう言うなり、真十郎が隠していた櫛を取り出した玉緒が、ふぅん、と言って眺めながら、

「きっちり仕事をしたんですね」

子種を授ける仕事を紹介しておきながら、責めるように言う。

ちょっぴり腹が立った真十郎は、ただ添い寝をしただけだと言うのも癪《しゃく》に障り、

「そうだ」

と言ってやると、玉緒はきりきりとして抱き付いたかと思うと、胸を嚙んだ。

肌が裂けそうな痛みに、真十郎はたまらず悲鳴をあげたが、玉緒は離れずきつく抱き付いてくる。

玉緒が嫉妬するのがおかしくなった真十郎は笑った。

「期待どおりの仕事はしていない。お洋は、わたしよりいい男を婿にもらうと言っていたぞ」

「旦那の馬鹿」

「これに懲りたら、二度と子種なんかの仕事を引き受けるんじゃないぞ」

玉緒は猫なで声で、あい、と答え、また胸に嚙み付いた。

遥《はる》かな絆《きずな》 斬《ざん》！ 江戸《えど》の用心棒《ようじんぼう》

朝日文庫

2024年10月30日　第1刷発行

著　者　佐々木裕一《ささきゆういち》

発行者　宇都宮健太朗
発行所　朝日新聞出版
〒104-8011　東京都中央区築地5-3-2
電話　03-5541-8832(編集)
03-5540-7793(販売)

印刷製本　大日本印刷株式会社

Published in Japan by Asahi Shimbun Publications Inc.
定価はカバーに表示してあります

ISBN978-4-02-265172-3

落丁・乱丁の場合は弊社業務部(電話 03-5540-7800)へご連絡ください。

送料弊社負担にてお取り替えいたします。

斬！　江戸の用心棒

佐々木　裕一

剣術修行から江戸に戻った真十郎は、老中だった父の横死を知る。用心棒に身をやつした真十郎が悪事の真相に斬り込む、書下ろし新シリーズ。

千両の首

斬！　江戸の用心棒

佐々木　裕一

父の仇である老中を討ち取った月島真十郎。彼は剣を捨て江戸を去るが、その首には千両もの懸賞金がかけられてしまった！　シリーズ第２弾。

形見の剣

斬！　江戸の用心棒

佐々木　裕一

ある事件をきっかけに、父が謀殺された真相を知った月島真十郎は、すべてに決着をつけるべく自ら封じた剣を抜く！　人気シリーズ第三弾。

お隠れ将軍

吉田　雄亮

暗殺の謀から逃れ、岡崎継次郎と名を変えた七代将軍徳川家継。彼は、葵の紋が彫られた名刀を手に、徳川の世を乱す悪漢どもに対峙する！

お隠れ将軍二　鬼供養

吉田　雄亮

名を変え、市井に生きる七代将軍徳川家継。刺客との戦いの中、彼は初めて友と呼ぶべき剣客と出会うが、それは自ら窮地を招くことになり……。

お隠れ将軍三　姫仕掛

吉田　雄亮

岡崎継次郎と名を変え、市井に暮らす七代将軍徳川家継。彼を利用しようとする勢力は、天真爛漫な萩姫との婚儀を目論む。人気シリーズ第３弾。

五十嵐 佳子
星巡る
結実の産婆みならい帖

幕末の八丁堀。産婆の結実は仕事に手応えを感じる一方、幼馴染の医師・源太郎との恋に悩んでいた。そこへ薬種問屋の一人娘・紗江が現れ……。

五十嵐 佳子
むすび橋
結実の産婆みならい帖

産婆を志す結実が、それぞれ事情を抱えながらも命がけで子を産む女たちとともに喜び、葛藤しながら成長していく。感動の書き下ろし時代小説。

五十嵐 佳子
願い針
結実の産婆みならい帖

産んだ赤ん坊に笑いかけない大店の娘・静。弱っていく母子を心配した結実は……。産婆の結実は今日も女たちに寄り添う。シリーズ第3弾！

五十嵐 佳子
凧《たこ》あがれ
結実の産婆みならい帖

倒幕軍が迫り治安が悪化する幕末の江戸。どんな時も赤ん坊は生まれてくるから、産婆の結実は今日も駆ける。書き下ろし長編時代小説の第四作。

北原 亞以子
雪の夜のあと
慶次郎縁側日記

元同心のご隠居・森口慶次郎の前に、かつて愛娘を暴行し自害に追い込んだ憎き男が再び現れる。幻の名作長編、初の文庫化！《解説・大矢博子》

北原 亞以子
おひで
慶次郎縁側日記

元同心のご隠居・森口慶次郎は、自らを出刃庖丁で傷つけた娘を引き取る。飯炊きの佐七の優しさに心を開くようになるが。短編一二編を収載。

朝日文庫

北原 亞以子
再会
慶次郎縁側日記

岡っ引の辰吉は昔の女と再会し、奇妙な事件に巻き込まれる。元腕利き同心の森口慶次郎が活躍する人気時代小説シリーズ。《解説・寺田 農》

北原 亞以子
傷
慶次郎縁側日記

空き巣稼業の伊太八は、自らの信条に反する仕事をさせられた揚げ句、あらぬ罪まで着せられてお尋ね者になる。《解説・北上次郎、菊池仁》

北原 亞以子
峠
慶次郎縁側日記

山深い碓氷峠であやまって人を殺した薬売りの若者は、過去を知る者たちに狙われる。人生の悲哀を描いた「峠」など八編。《解説・村松友視》

北原 亞以子
隅田川
慶次郎縁側日記

慶次郎の跡を継いだ晃之助は、沈み始めた船から二人の男を助け出す。幼なじみ男女四人の切ない人生模様「隅田川」など八編。《解説・藤原正彦》

北原 亞以子
蜩《ひぐらし》
慶次郎縁側日記

嫌われ者の岡っ引「蝮の吉次」が女と暮らし始めた！ 吉次の義弟を名乗る男も現れ、騒動に巻き込まれる「蜩」など一二編。《解説・藤田宜永》

宇江佐 真理
お柳《りゅう》、一途《いちず》
アラミスと呼ばれた女

長崎出島で通訳として働く父から英語や仏語を習うお柳は、後の榎本武揚と出会う。男装の女性通詞の生涯を描いた感動長編。《解説・高橋敏夫》